初階

小學生活用成語學堂

審校：宋詒瑞

新雅文化事業有限公司
www.sunya.com.hk

教你精準用成語

宋詒瑞

成語，是我們漢語詞庫中的瑰寶。成語，是人們長期以來慣用的一種特殊結構的詞彙，通常是四字一句（也有很少一部分是四個字以上的），短小精悍，語簡意賅，簡單的幾個字講述了一個故事、一段歷史，或形容了一個情景，描寫了一種狀態；或闡述了一個道理，給人以思想上的啟迪。我們在寫作時適當運用一些成語，能使文章簡潔精闢，文采斐然。所以我們要學習成語，懂得它們的原意，並學會在寫作時運用它們。

可是，我們在運用成語時有以下幾點須留意的：

一、要清楚理解成語的含義，分清它是含有貶義還是褒義的，才不會用錯。譬如有學生在形容同學回答不出老師提問時的慌張神態，用了貶義的「做賊心虛」，這就有點過分了，不如用中性的「張口結舌」、「吞吞吐吐」比較貼切。再如有人描寫消防員在火場救火時的表現是「手忙腳亂」、「神色慌張」，這就含有貶義了，應該改用「眼明手快」、「鎮定自若」、「有條不紊」等褒義成語。還有人不明白「白馬過隙」是形容時間飛逝，卻用來形容騎士在障礙比賽中騎着馬跨越一道短欄的動作，這就鬧笑話了。

二、有的同學學會了很多成語，很喜歡用成語作文，這本是好事，但是在一篇文章中用了太多成語，效果就適得其反。有位同學

在描寫春天景色時，寫了這樣一段：「花園裏鳥語花香，景色誘人。花圃裏百花齊放，五顏六色、五彩繽紛、絢麗奪目、琳瑯滿目、爭妍鬥麗，叫人目不暇給、欣喜異常、流連忘返。」其實他運用這些成語來描寫春景都很貼切，但是用得太多太集中，反而使人讀起來覺得累贅、繁瑣，顯得有些矯揉造作，文章就給人浮誇不樸實的感覺。這裏的十來個成語中可以刪去五六個，可以把一些成語用在其他段落中，不要集中在一處。

三、與此相反，有些同學學了些成語，卻不懂得使用，這是另一個極端。譬如有人記述他在體育課上做不到一個極普通的翻跟斗動作，幾次失敗，遭到同學嘲笑，使得他很羞愧。在此情況下，他當然可以寫成「我難為情極了，低下頭不敢望向大家，恨不得地上有個洞給我鑽進去，讓我從地球上消失掉……」之類的句子，那也很生動，但是一句成語「無地自容」四個字就精確地概括了當時的心境，把它加在文中，更添感染力。

所以我們要多學些成語，明白它們的意思，自己在作文時選用適當的成語來表達意思，這樣我們的寫作水準就會不斷提升。這本書中把我們在各個方面常用的一些成語都作了精闢的解釋，有些注明了出處，介紹了有趣的歷史背景，並舉例說明如何使用、如何辨析幾個相似的近義詞、認識一些反義詞……還設計了有趣的練習讓你學習使用。這是一本很有益的成語手冊，好好學習利用吧！

目錄

單元一 各種心情

眉飛色舞　心花怒放　興高采烈　興致勃勃　和顏悅色
愁眉苦臉　垂頭喪氣　沒精打采　火冒三丈　大發雷霆
怒氣沖沖　心平氣和　大失所望　喜出望外

成語小學堂

眉飛色舞 méi fēi sè wǔ 褒

【解釋】**色：臉色。形容非常高興、得意的神態。**

【例句】1. 姐姐收到哈佛大學的錄取通知書，高興得眉飛色舞。
2. 弟弟拿着獎盃跑進家裏，眉飛色舞地告訴大家他獲得了比賽的冠軍。

【近義】成眉開眼笑、成笑顏逐開

【反義】成愁眉不展、成愁眉苦臉

心花怒放 xīn huā nù fàng 褒

【解釋】**怒放：盛開。形容心裏高興得像花兒盛開一樣，極為高興。**

【例句】1. 小孫子給祖父搬凳子、拿拖鞋，樂得祖父心花怒放。
2. 姊姊得知她的作文被刊登在報紙上，頓時心花怒放。

【近義】成興高采烈、成欣喜若狂

【反義】成愁腸寸斷、成悶悶不樂

興高采烈 xìng gāo cǎi liè 褒

【解釋】**采：神態。原形容文章旨趣高超，富於辭采，後來形容興致很高，情緒熱烈的樣子。**

【典故】南朝文學家劉勰寫了《文心雕龍》，評論古今文體。他評論時舉出了不少文學家作為例子，包括三國中魏國的阮籍、嵇康及西晉的潘嶽。

他指出阮籍為人豪邁而瀟灑，不愛拘束，所以他的文章格調高遠脫俗；潘嶽性情輕浮但才思敏捷，所以文章流暢而優美；嵇康則長得英俊而且有俠義氣慨，劉勰以「興高而采烈」形容嵇康的文章，讚賞他的文章意趣很高，辭鋒銳利。成語「興高采烈」由此而來。

（出處：劉勰《文心雕龍・體性》）

【例句】1. 弟弟拿着獎狀，興高采烈地朝我們走過來。

2. 支持的球隊獲勝，我們立刻興高采烈，歡呼起來。

【近義】㊊歡天喜地、㊊喜氣洋洋

【反義】㊊沒精打采、㊊悶悶不樂

興致勃勃 xìng zhì bó bó 褒

【解釋】**興致：興趣；勃勃：旺盛。形容興趣十足、興致很高。**

【例句】1. 聽到鑼鼓聲響，大家都興致勃勃地往新開張的店家門外觀看舞獅表演。

2. 同學們早早地集合好，興致勃勃地向秋季旅行的目的地出發了。

【近義】成興趣盎然、成興高采烈

【反義】成興味索然、成沒精打采

和顏悅色 hé yán yuè sè 褒

【解釋】**顏：面容；悅色：高興的臉色。指喜悅和藹的臉色。**

【例句】1. 李老師性格溫和，跟我們説話總是和顏悅色的，很少見她發怒。

2. 那位明星雖然一臉的疲倦，但仍和顏悅色地接受記者的採訪。

【近義】成平易近人、成和藹可親

【反義】成怒容滿面、成愁眉苦臉

愁眉苦臉 chóu méi kǔ liǎn

【解釋】**皺着眉頭，哭喪着臉，面容痛苦。形容愁容滿面的樣子。**

【例句】1. 哥哥愁眉苦臉地從學校回來，一定是考試成績不好。

2. 妹妹與姑媽談完電話，心情變好了，再也不愁眉苦臉了。

【近義】㊎愁眉不展、㊎垂頭喪氣

【反義】㊎無憂無慮、㊎歡天喜地

垂頭喪氣 chuí tóu sàng qì

【解釋】**垂頭：低着頭；喪氣：神情沮喪。形容因失敗或不順利而情緒低落、失意懊喪、萎靡不振的樣子。**

【例句】1. 看着弟弟垂頭喪氣的樣子，我已猜到事情進展得不太順利。

2. 得知考試不及格後，他垂頭喪氣地回家了。

【近義】㊎沒精打采、㊎灰心喪氣

【反義】㊎神采奕奕、㊎得意洋洋

「垂頭喪氣」和「沒精打采」都形容情緒低落、萎靡不振的樣子，但「垂頭喪氣」的程度要比「沒精打采」重些。「垂頭喪氣」肯定是有不如意的事情發生了，而「沒精打采」可能只是因為沒興趣或感到疲累。

沒精打采 méi jīng dǎ cǎi 貶

【解釋】**形容精神不振，提不起興致。**

【例句】1. 昨天下午，哥哥買不到球賽門票，他只好沒精打采地回家。

2. 烈日下，公園裏的花朵都沒精打采地垂下了腦袋。

【近義】成灰心喪氣、成萎靡不振

【反義】成精神抖擻、成精神煥發

火冒三丈 huǒ mào sān zhàng 貶

【解釋】**怒火上升三丈高。形容人十分生氣，怒氣特別大。**

【例句】1. 他們來到這個景點遊玩，沒想到花了錢還要受罪，禁不住火冒三丈。

2. 難怪子明剛才火冒三丈呢，原來家威把他最心愛的遙控飛機弄壞了。

【近義】成怒氣沖沖、成怒火中燒

【反義】成心平氣和

大發雷霆 dà fā léi tíng

【解釋】**霆：暴雷；雷霆：震耳的雷聲。形容大發脾氣，高聲責罵別人。**

【例句】1. 他的脾氣暴躁，只要一點小事不順心，便大發雷霆。
2. 爸爸見哥哥只顧玩遊戲機而不認真學習，因而大發雷霆，把他教訓了一頓。

【近義】㊈勃然大怒、㊈暴跳如雷

【反義】㊈平心靜氣、㊈心平氣和

怒氣沖沖 nù qì chōng chōng

【解釋】**怒氣：憤怒的情緒；沖沖：感情激動的樣子。形容憤怒得氣呼呼的樣子。**

【例句】1. 爸爸怒氣沖沖地抓住我的手，說：「你過馬路不看燈號，是不是不要命了？」
2. 健壯的公牛怒氣沖沖地衝向了鬥牛士，把這個惹怒牠的人撞倒在地。

【近義】㊈火冒三丈、㊈怒不可遏

【反義】㊈心平氣和

心平氣和 xīn píng qì hé 褒

【解釋】**心情平靜，態度溫和，不急不怒。**

【例句】1. 雖然他輸掉了這場比賽，但是依然心平氣和地祝賀對手，盡顯風度。

2. 這次考試我的成績不好，但媽媽沒批評我，而是心平氣和地對我說：「下次努力便會考好！」

【近義】成 平心靜氣

【反義】成 暴跳如雷、成 大發雷霆

大失所望 dà shī suǒ wàng

【解釋】**大：表示程度深。指希望落空，非常失望。**

【例句】1. 我們本來想去看名家畫展，去到藝術館時才發現今日閉館休息，令人大失所望。

2. 原本在預賽中表現良好的甲隊在決賽中竟然落敗，叫大家大失所望。

【近義】成 惘然若失

【反義】成 稱心如意、成 如願以償

喜出望外 xǐ chū wàng wài 褒

【解釋】**遇到出乎意料的喜事而特別高興。**

【典故】宋代大文豪蘇軾曾出任多個官職，但後來被貶到南方，很久之後才獲赦免回到中原。在回去的路上，他給朋友李之儀寫了一封信，信中說：「我們八年沒有見面，還以為這輩子沒有機會了。如今離中原越來越近，又收到你好幾封信，真是喜出望外啊！」後人就以「喜出望外」形容因為意外出現的喜慶事而感到格外高興。

【例句】1. 哥哥沒想過會勝出徵文比賽，他不禁喜出望外。
2. 我得知媽媽出差要提前回來，喜出望外。

【近義】成喜從天降、成如獲至寶

【反義】成悲從中來、成大失所望

辨析

「喜出望外」所指的是心裏意外喜悅，強調特別地高興；「喜從天降」所指的是喜事出現。

多變的媽媽

我有一位多變的媽媽，她好像擁有孫悟空的七十二變法術，説變就變：她有時温柔，有時嚴厲，有時暴躁，有時平和，時常上演不同的表情。

剛上三年級的一天，我在班際書法比賽中獲得了第一名。一回到家，我便興高采烈地告訴了媽媽。媽媽聽後笑容滿面，對我讚賞有加。

可是當我不小心打破了家裏的花瓶，媽媽的温柔馬上不見了，她火冒三丈，怒氣沖沖地對我説：「你做事這樣毛手毛腳①，將來怎麼會有出息？」我的眼淚情不自禁②地流了下來，我對媽媽説：「媽媽，我錯了，下次一定不會這樣了！」

寫作小貼士

運用成語，恰如其分地描繪出媽媽生氣時的神態。

有一天，我因為約好跟同學一起出去玩，功課寫得馬馬虎虎。媽媽發現了，大發雷霆，臉色變得十分難看：「你這功課怎麼做的？丟三落四③！這裏少寫一個字，那裏丟了……你自己看看！」我垂頭喪氣地聽着她的訓斥，並在她的監督下重新抄寫了一遍，這才過關。

寫作小貼士

「垂頭喪氣」這個成語是不是使你們的眼前浮現出作者被媽媽訓斥時可憐又無可奈何的情景？簡練的四個字卻刻畫得非常生動。

當然，媽媽也有十分温柔的時候，每天她喚我起牀，叫我吃飯；生病的時候她無微不至④地照顧我，都令我感到她的温柔與慈愛。所以儘管媽媽很多變，但我仍然很愛她。

釋詞

① 毛手毛腳：做事粗心，不仔細。
② 情不自禁：激動得不能控制自己。
③ 丟三落四：形容人因為馬虎或健忘，不是忘了這個，就是忘了那個。
④ 無微不至：每個細節都照顧到，非常仔細。

我的「花迷」祖父

我的祖父是位「花迷」，他愛養花，每天不是給花修剪枝葉，就是給花澆水。只要花兒健康成長，他就高興得眉飛色舞；如果花兒生病了，他就變得愁眉苦臉。

寫作小貼士

運用兩個相對的成語「眉飛色舞」和「愁眉苦臉」突顯祖父對花的感情。

祖父養花非常用心，什麼花要多施肥，什麼花要多澆水，什麼花喜陰，什麼花耐旱，他都一清二楚[①]，還在筆記簿上記下來，免得自己忘記。有一次，一株君子蘭枯萎了，祖父見了非常着急，一天到晚捧着一本養花的書在花旁轉來轉去，尋找原因。後來，他乾脆把花搬到自己房裏，常常半夜起來看看花，無微不至地照顧它。

祖母見了，心疼地說：「不就是一盆花嗎？用得着這麼小心翼翼[②]地伺候嗎？」

「花兒也是有生命的，它們可是我的寶貝呀！怎麼能敷衍了事[③]呢？」祖父怒氣沖沖地說。

正是有了這樣一位愛花成癡的祖父，我家的陽台變成了一個美麗的小花園。各種各樣的花在家裏吐露芬芳，祖父自然也笑口常開，嘴裏還唸唸有詞[④]：「聽話啊，好好長！」

這就是我的祖父——一位地地道道[⑤]、不折不扣[⑥]的花迷。

釋詞

① 一清二楚：十分清楚。
② 小心翼翼：非常謹慎。
③ 敷衍了事：形容辦事不認真或對人不熱情，表面應付了事。
④ 唸唸有詞：嘴中不停地唸着。
⑤ 地地道道：真正的，實實在在的。
⑥ 不折不扣：沒有折扣，表示完全、十足的意思。

一 圖說成語

看看下面人物的表情，分別可以用什麼成語來形容呢？將代表答案的英文字母填在 ☐ 內。

A. 眉飛色舞　　B. 大發雷霆
C. 火冒三丈　　D. 愁眉苦臉

1. 

☐

2. 

☐

3. 

☐

4. 

二 成語判斷

根據人物的對話，選出適當的成語，填在橫線上，答案可多於一個。

和顏悅色　　火冒三丈　　心平氣和

1. 我的弟弟很淘氣，他那張嘴說出來的話，有時能氣得別人 ________，有時卻逗得人哈哈大笑。

2. 我最愛我的媽媽，因為她很溫柔，哪怕我們做錯了事，也常常 ________ 地跟我們講道理，態度總是很溫和。

3. 我也是最喜歡我的媽媽，因為媽媽總是臉上帶笑，________ 地對着我和弟弟。

單元二 說話技巧

七嘴八舌	議論紛紛	竊竊私語	異口同聲	言猶在耳
語重心長	一口咬定	面紅耳赤	破口大罵	侃侃而談
脣槍舌劍	脫口而出	一言不發	支支吾吾	

成語小學堂

七嘴八舌 qī zuǐ bā shé

【解釋】**形容眾人你一句我一句，人多口雜，議論紛亂。**

【例句】1. 老師的話剛說完，同學們就七嘴八舌地議論起來。
2. 圍觀的人越來越多，七嘴八舌地說起車禍的經過。

【近義】㊔眾說紛紜、詞人多口雜

【反義】㊔鴉雀無聲

議論紛紛 yì lùn fēn fēn

【解釋】**形容眾人不停談論，意見不一，說法眾多。**

【例句】1. 同學們在台下議論紛紛，老師先請大家保持安靜，再輪流發表意見。
2. 魔術師請觀眾們猜測剛才表演的彩球藏在哪裏，台下立刻議論紛紛。

【近義】㊔眾說紛紜、㊔七嘴八舌

【反義】㊔眾口一詞、㊔異口同聲

竊竊私語 qiè qiè sī yǔ

【解釋】**竊竊：形容偷偷地，聲音細小；私：私下；語：説話。背地裏小聲説話，暗中私下議論。**

【例句】1. 他倆竊竊私語，商討着如何作弄同學。

2. 媽媽和祖母正竊竊私語，神神秘秘地不知道説些什麼。

【近義】成交頭接耳、成竊竊私議

【反義】成高談闊論、成大喊大叫

辨析

「竊竊私語」和「交頭接耳」都含有低聲説話的意思，但「竊竊私語」強調私下的議論，偏重於聲音；而「交頭接耳」不一定是私下裏的，它偏重於交談的動態。

異口同聲 yì kǒu tóng shēng

【解釋】**異：不同。不同的嘴説出同樣的話。形容人們的説法相同。**

【例句】1. 大家品嘗過這道菜以後，異口同聲地誇讚廚師的手藝真高。

2. 新年鐘聲敲響，時代廣場上的人們異口同聲地歡呼「新年快樂」。

【近義】成眾口一詞、成如出一口

【反義】成眾説紛紜、成各持己見、成各執一詞

言猶在耳 yán yóu zài ěr

【解釋】**說過的話仍然在耳邊迴響。形容對別人的說話記憶十分深刻。**

【典故】春秋時晉國君主晉襄公去世後，留下了他的夫人穆嬴和剛出生的兒子夷皋。一羣大臣認為太子夷皋年紀太小，不應處理政事。穆嬴於是每天上朝，於朝臣議政時，抱着夷皋坐在地上哭鬧，哭訴着大臣們廢掉年幼太子的惡行。她指罵大臣：「雖然先王已經駕崩，但他的話言猶在耳，你們怎可以就這樣廢掉太子？」

後人以「言猶在耳」來形容別人說過的話好像還在耳邊，牢牢記住別人的話。（出處：左丘明《左傳．文公七年》）

【例句】1. 雖然祖母去世多年，但她對我們的教誨言猶在耳，我們不會忘記。

2. 他的演講十分精彩，時隔多日，講者的話言猶在耳。

【近義】㊀念念不忘、㊀記憶猶新

語重心長 yǔ zhòng xīn cháng 褒

【解釋】**說話深刻有力，情意深長。形容對人真誠的勸告或忠告，言辭懇切而有分量。**

【例句】1. 老師語重心長的話語，感動了所有的同學。

2. 媽媽語重心長地告訴我們，要珍惜時光，不要輕易把它浪費了。

【近義】㊄苦口婆心、㊄諄諄告誡

【反義】㊄輕描淡寫、㊄浮光掠影

一口咬定 yī kǒu yǎo dìng

【解釋】**一口咬住不放。「一口咬定」比喻口氣堅決，堅持一個說法，絕不更改。**

【例句】1. 因為志輝是最後一個離開教室的同學，樂文便一口咬定是他拿了畫筆。

2. 主辦方一口咬定事故的責任不在他們，而是天氣原因造成的。

【近義】㊄矢口不移

【反義】㊄不置可否

面紅耳赤 miàn hóng ěr chì

【解釋】赤：紅色。臉和耳朵都紅了。形容因羞愧、激動、發怒、焦急而發熱，令臉色漲紅的樣子。

【例句】1. 大家都誇妹妹的舞跳得好，說得她面紅耳赤了。
2. 為了一塊橡皮擦，姐姐和弟弟爭得面紅耳赤。

【近義】㊓羞愧滿面、㊓臉紅筋漲

【反義】㊓面不改色

破口大罵 pò kǒu dà mà 貶

【解釋】用惡語大聲罵人。

【例句】1. 老婆婆過馬路時不小心撞到一個年輕人，那年輕人竟然破口大罵，真沒禮貌。
2. 男孩打破了餐廳的杯子，心想一定會引來對方破口大罵，怎料到職員只是輕輕地說了句沒關係。

【近義】㊓口出不遜、㊓含血噴人

【反義】㊓溫文爾雅、㊓彬彬有禮

侃侃而談 kǎn kǎn ér tán

【解釋】**侃侃：從容不迫的樣子。指說話理直氣壯，從容不迫，直抒己見。**

【典故】孔子是先秦時期有名的學者，他在政治、社會、經濟、學術方面都有獨到的見解。孔子與朝廷的官員下大夫說話時侃侃而談；與上大夫說話時則態度和悅，但直言不諱，不怕向上大夫作出勸告；若皇帝在場，就必恭必敬。後人以「侃侃而談」形容說話不慌不忙。（出處：孔子《論語·鄉黨》）

【例句】1. 對於歷史的話題，他總能侃侃而談，不愧為歷史博士。

2. 面對那麼多人，他都能侃侃而談，實在難得。

【近義】㊇滔滔不絕、㊇口若懸河

【反義】㊇理屈詞窮、㊇張口結舌

脣槍舌劍 chún qiāng shé jiàn

【解釋】**脣如槍，舌如劍。比喻激烈的辯論，辭鋒鋭利，針鋒相對。**

【例句】1. 選舉論壇上，兩位特首候選人脣槍舌劍，互相就對方的政綱提出質問。

2. 一番脣槍舌劍後，這場辯論比賽還是未能分出勝負。

【近義】㊂針鋒相對

【反義】㊂拙於言辭、㊂笨口拙舌

脫口而出 tuō kǒu ér chū

【解釋】**脫：隨。形容說話隨便，不假思索就說出。**

【例句】1. 媽媽問誰願意去超市，妹妹脫口而出：「我去，我去。」

2. 小明本來答應了不會把小文的秘密告訴別人，怎料他脫口而出，把事情都說出來了。

【近義】㊂信口開河、㊂舌尖口快

【反義】㊂守口如瓶、㊂謹言慎行

「脫口而出」和「信口開河」都有隨口說出的意思，但兩者區別很大。「脫口而出」強調的是說出時不假思索；「信口開河」強調的是說出的話毫無根據，漫無邊際。

一言不發 yī yán bù fā

【解釋】**一句話都不説。**

【例句】1. 同學們一言不發地看着老師，等待老師公布比賽的結果。

2. 小狗走丟了，妹妹坐在沙發上一言不發，不停地抹着眼淚。

【近義】成一聲不吭、成閉口藏舌

【反義】成滔滔不絕、成口若懸河

支支吾吾 zhī zhī wú wú 貶

【解釋】**支吾：用含混的語言敷衍了事。指説話吞吞吐吐，含糊躲閃。**

【例句】1. 媽媽問哥哥剛剛去哪兒了，哥哥支支吾吾，緊張極了。

2. 老師見大偉説話支支吾吾，就知道他有事情想要隱瞞。

【近義】成結結巴巴、成吞吞吐吐

【反義】成應答如流、成直截了當

書包減肥記

書包艱難地挪動着胖乎乎的身子擠進抽屜裏，他難受得直想哭。「別擠了，別擠了，再擠我就要被你撐破了。」課桌抱怨道。

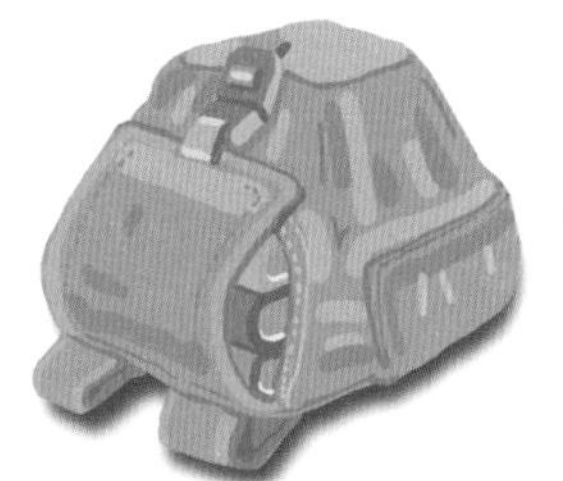

「我也不想的，肚子裏的東西太多了，你不知道我有多難受！」書包愁眉苦臉地說。

「那你該減減肥了。」課桌好心地提醒他。

書包摸着自己圓滾滾的大肚子，發出一聲長歎：「唉……我也想啊！我叫課本、文具等物品出來，可他們沒有一個願意！」

「出去？那怎麼行？」語文、數學、英語課本聽到了書包和課桌的對話，異口同聲地說，「我們這麼重要，要是我們不在，主人怎麼上課呢？」

書包無可奈何[①]地說：「文具盒可以出來嗎？」

文具盒聽了，理直氣壯[②]地說：「要是沒有我，鉛筆呀，原子筆呀，尺子呀，橡皮擦呀，都住哪兒？它們可是主人課堂上的好幫手。誰不是必需品的請出去吧！」

話音未落，各課本七嘴八舌地說：「憑什麼瞧不起我們？」「要是我們出去了，主人上課找不到我們就要挨罰了。」課本們吵得面紅耳赤。

寫作小貼士

「七嘴八舌」一方面表現出課本種類多，一方面表現出課本們都爭着說話的熱鬧場面。

文具盒說：「字典公公，你總可出去了吧？」

字典公公氣得鬍子一翹：「什麼？你們這些小東西！主人讀書、寫作文，遇到不懂的字找誰幫忙？還不是我？！」

「唉……好了好了，別吵了！」書包長歎一聲，「我不減肥總行了吧！」

釋詞

① 無可奈何：指全無辦法。
② 理直氣壯：因為理據充分而無所畏懼。

農夫和富翁

從前，一個農夫到市集上去賣馬，那時正是午飯時間，他將馬拴在麪館前的大樹下，打算吃飽了再去市集。

這時，一個富商也將馬栓在麪館的大樹下。農夫見狀，好心地對富商說：「我的馬性子烈，可能會踢傷你的馬，請你把牠拴到別處好嗎？」富商沒有理睬農夫，大模大樣[①]地走進了麪館。

過了一會，門外傳來馬的嘶叫聲，原來是農夫的馬把富商的馬踢傷了。富商一看，氣得暴跳如雷[②]，對農夫破口大罵：「你是怎麼拴馬的？你知道我的馬多名貴嗎？你得賠償給我。」農夫理直氣壯地說：「我提醒過你，你難道忘了嗎？」富商一口咬定窮人沒有提醒他，兩人吵得不可開交[③]，路人們議論紛紛，都不知該怎麼辦，正在為難之際，有人建議請警察來裁判。

寫作小貼士
運用成語形容兩人當時爭論的情景，及路人的反應。

警察問農夫：「你提醒他了嗎？」一連問了幾遍，農夫都一言不發。警察說：「你看他是個啞巴，沒辦法提醒你啊！」富商氣呼呼地說：「這根本是子虛烏有[④]的事，他哪裏是啞巴，剛才他還跟我說話了……」警察忙問：「他說了什麼？」富商脫口而出：「說他的馬性子烈……」，話剛出口，富商就覺得自己的話不妥，頓時面紅耳赤，支支吾吾地說：「大概是他提醒了，我忘記了吧！」

寫作小貼士
運用成語形容人物的窘態。

釋詞
① 大模大樣：形容傲慢、滿不在乎的樣子。
② 暴跳如雷：跳着腳喊叫，像打雷一樣。形容大怒的樣子。
③ 不可開交：形容沒法解開或無法擺脫。
④ 子虛烏有：形容假設的、不真實的人或事。

一 成語疊字

在橫線上填寫疊詞，使成語變得完整。

1. ＿＿＿＿＿＿ 私語　　2. ＿＿＿＿＿＿ 而談

3. 議論 ＿＿＿＿＿＿　　4. 支支 ＿＿＿＿＿＿

二 成語填充

將上題的四個成語分別填在橫線上。

1. 小晞忘記了把已做好的功課帶回學校，到了交功課的時候只好＿＿＿＿＿＿＿＿地向老師解釋。

2. 這位名人在訪問中被記者問到他的童年生活，他立刻＿＿＿＿＿＿＿＿。

3. 聽到同學們在＿＿＿＿＿＿＿＿，他才留意到自己吃飯後忘了擦嘴，飯粒還留在臉上呢。

4. 自從爆炸事件發生後，由於警方一直沒有公布爆炸的起因，社會上也＿＿＿＿＿＿＿＿，沒有一致的說法。

二 圖說成語

根據圖意，利用提供的成語續寫句子，填在橫線上。

成語：一言不發

1. 無論媽媽怎麼問，______________________________。

成語：七嘴八舌

2. 今天班會討論秋季旅行，__________________________。

單元三 犯錯時刻

不由自主	七上八下	忐忑不安	提心吊膽	戰戰兢兢
度日如年	若無其事	不慌不忙	如釋重負	心安理得
自以為是	將信將疑	無地自容	有氣無力	

成語小學堂

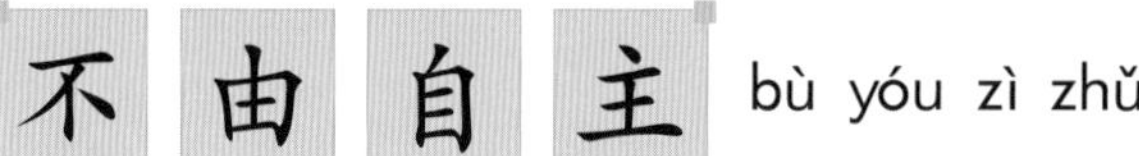

不由自主 bù yóu zì zhǔ

【解釋】**由：隨順、聽從。指控制不住自己。形容下意識的行為。**

【例句】1. 他因為説謊，內心慌亂，眼睛不由自主地四處張望。

2. 音樂才剛響起，我們就不由自主地哼唱了起來。

【近義】㊔身不由己、㊔鬼使神差、㊔身不由主

【反義】㊔獨立自主、㊔自覺自願

七上八下 qī shàng bā xià

【解釋】**原指無所適從。後形容心神不定、慌亂不安。**

【例句】1. 在課室內等候發試卷，我心裏七上八下，擔心自己會不合格。

2. 屋子裏黑漆漆的，什麼也看不見，讓人心中七上八下。

【近義】㊔忐忑不安、㊔六神無主

【反義】㊔泰然自若、㊔心平氣和

忐忑不安 tǎn tè bù ān

【解釋】**忐忑：心跳上跳下。「忐忑不安」指心神不寧，也指心虛不定。**

【例句】1. 比賽的日子越來越近了，我禁不住忐忑不安起來。

2. 那男子和警員說話時支支吾吾，忐忑不安的樣子令人懷疑。

【近義】成惶惶不安、成坐立不安

【反義】成心安理得、成悠然自得

「忐忑不安」和「坐立不安」都有「不安」的意思。但「忐忑不安」偏重形容心理上的不安；「坐立不安」偏重形容行動上的不安。

提心吊膽 tí xīn diào dǎn 貶

【解釋】**形容非常擔心和害怕。**

【例句】1. 那演員表演在高空踩鋼線，讓人看了提心吊膽。

2. 逃犯在外過了一個月提心吊膽的生活，終於決定投案自首。

【近義】成膽戰心驚、成懸心吊膽

【反義】成心安理得、成泰然自若

「提心吊膽」和「膽戰心驚」都形容擔心、害怕。但「提心吊膽」偏重擔心；「膽戰心驚」既形容擔心，但偏重害怕。

戰戰兢兢 zhàn zhàn jīng jīng 貶

小貼士：「兢」不能寫作「競」。

【解釋】**戰戰：恐懼的樣子；兢兢：小心謹慎。形容非常害怕而微微發抖，也形容小心謹慎。**

【例句】1. 文博第一次溜冰，穿上溜冰鞋後戰戰兢兢，不敢移動半步。

2. 得知每個參賽者只有一次機會，哥哥變得戰戰兢兢，生怕被淘汰。

【近義】成誠惶誠恐、成膽戰心驚

【反義】成神色自若、成泰然處之

度日如年 dù rì rú nián

【解釋】**過一天像過一年那樣長。形容日子很不好過，厭倦生活時，日子過得好像特別慢。**

【例句】1. 哥哥覺得住在醫院簡直度日如年，希望儘快出院回家。

2. 媽媽不在家的日子，我和爸爸都感到度日如年。

【近義】成一日三秋、成日坐愁城、詞歲月難熬

【反義】成日月如梭、成光陰似箭

辨析

「一日三秋」也用於形容感覺時間過得特別慢，但只適用於指人思念殷切的語境；而「度日如年」可用在較多地方。

若無其事 ruò wú qí shì

【解釋】**形容好像沒有那麼回事似的，或形容態度沉着鎮靜、不動聲色或漠不關心，不把事情放在心上。**

【例句】1. 小欣批評志文不應該遲到，他竟然還一副若無其事的樣子，真讓人生氣。

2. 妹妹被橫衝直撞的單車撞倒了，大家都急得像熱鍋上的螞蟻，但她卻若無其事，好像受傷的人不是她那樣。

【近義】㊅泰然自若、㊅處之泰然

【反義】㊅煞有介事、㊅惶惶不安

不慌不忙 bù huāng bù máng

【解釋】**不慌張、不忙亂。形容態度鎮定，或辦事穩重、踏實。**

【例句】1. 有義工到獨居長者家中探訪，老人不慌不忙地坐下來，向旁人講述他的故事。

2. 考試時間馬上就要結束，她卻不慌不忙重新檢查了一遍才交出自己的試卷。

【近義】㊅從容不迫、㊅神色不驚

【反義】㊅驚慌失措、㊅張惶失措、㊅心慌意亂

如釋重負 rú shì zhòng fù

【解釋】**好像放下了沉重的負擔。形容緊張過後感到輕鬆愉快。**

【典故】魯國有三個勢力很大的官員——叔孫氏、季孫氏和孟孫氏。大臣常常勸告君主魯昭公要注意防備他們三人，免得被他們奪去王位。可是，魯昭公卻繼續沉迷玩樂，老百姓早已對他非常不滿。

等到魯昭公醒覺時，三位官員的軍隊早已聯合起來謀反，魯昭公只好逃奔到齊國避難。魯國的老百姓卻一點也不同情魯昭公，反而覺得如釋重負，因為魯昭公根本未有好好治理國家。（出處：《春秋穀梁傳・昭公二十九年》）

【例句】
1. 聽説手術非常成功，他才如釋重負地鬆了一口氣。
2. 期末考試終於結束了，同學們如釋重負，開始為即將開始的暑假計劃活動。

【近義】㊉無憂無慮

【反義】㊉憂心忡忡、㊉如牛負重

心安理得 xīn ān lǐ dé

【解釋】**得：合適。指認為事情做得合乎情理而心裏感到坦然。**

【例句】1. 志文認為自己沒有做錯，便心安理得，不再為這事煩惱。

2. 這些錢不是我的，我怎麼能心安理得地據為己有呢！

【近義】㊃問心無愧、㊃聊以自慰、㊃理直氣壯

【反義】㊃坐立不安、㊃忐忑不安

「心安理得」是指因做事正確而安心得意；「聊以自慰」指姑且自我安慰一下。

自以為是 zì yǐ wéi shì 貶

【解釋】**是：對的。「自以為是」指認為自己正確，現在亦多指主觀、不虛心。**

【例句】1. 哥哥對妹妹說：「你別總自以為是，要多聽聽別人的意見。」

2. 文文做事情總是自以為是，不聽取別人的意見。

【近義】㊃自命不凡、㊃自作聰明

【反義】㊃虛懷若谷、㊃妄自菲薄

將信將疑 jiāng xìn jiāng yí

【解釋】**將：又、且。有些相信，又有些懷疑。**

【典故】唐代詩人李華寫了一篇《弔古戰場文》，描述古代戰場的荒涼景象。當中提到戰場上那麼多的人都有父母。在他們年幼時，父母都拖着他們、抱着他們、背着他們，好好地照顧着他們，就是怕他們長不大。他們都有親愛的兄弟和感情要好的妻子。他們沒有犯過什麼錯，可是，現在卻在戰場上被殺。他們的家人無法確定他們的生死。每次有消息傳來，人們都是有點相信，又有點懷疑。「將信將疑」這個成語由此而來。（出處：李華《弔古戰場文》）

【例句】1. 他對小明的解釋將信將疑，始終無法完全相信。
2. 媽媽對廣告説的產品將信將疑，不敢隨便購買。

【近義】㊀半信半疑、㊀疑團莫釋

【反義】㊀深信不疑、㊀言聽計從

無地自容 wú dì zì róng 貶

【解釋】**想藏起來，但沒有地方可以讓自己容身。形容非常羞愧。**

【例句】1. 樂文知道自己不應該撒謊，羞愧得無地自容。

2. 長者的一番話，説得年輕人無地自容，趕緊向大家道歉。

【近義】成羞愧滿面、詞無處藏身

【反義】成問心無愧、成恬不知恥

有氣無力 yǒu qì wú lì

【解釋】**形容氣力衰弱，精神疲憊，有聲音而沒力氣；也可形容做事懶散、沒有衝勁，説話聲音低沉、沒力。**

【例句】1. 一頭年老體衰的獅子病得有氣無力，奄奄一息地躺在樹下。

2. 佳惠邁着有氣無力的步伐，跟在隊伍後面，緩慢地走着。

【近義】成精疲力盡、成弱不禁風

【反義】成精神煥發、成朝氣蓬勃

作弊

有一件事雖然過去許久，但在我腦海裏卻一直記憶猶新[①]，每次想起來都會感到羞愧。它像一個警鐘，時刻敲響着，告訴我做人要誠實。

那是一次英語單詞測驗，老師提前一天告訴大家好好複習。我自以為是地想：我只要花十幾分鐘就能將單詞全部記住，然後便可一直玩到睡覺。怎料，我睡覺前才發現有一些單詞怎麼都記不住，這可怎麼辦？我突然心生一計[②]，有辦法了。

第二天，測驗開始了。趁老師不注意，我偷偷地打開手掌，瞄一眼手上的單詞。很快，我就寫完了測驗卷交給老師。老師沒想到我這麼快就交卷了，將信將疑地看了我一眼，我心裏頓時七上八下，生怕老師發現了什麼，努力裝作若無其事的樣子回到座位上，心想：一下課我就去把手洗乾淨，這樣就沒有人知道了。

寫作小貼士

三個成語分別形象地描寫了老師的態度和我的心情。

可沒有想到，老師竟即場批改測驗卷，並宣布我得了滿分，我一高興，就把手上抄寫了單詞的事拋到九霄雲外[③]。我喜滋滋地伸手接過試卷時，手上的單詞一覽無餘[④]地呈現在老師的面前。我頓時感到無地自容，恨不得挖個地洞鑽進去。老師拍拍我的肩膀，語重心長地說：「學習和做人一樣，也需要誠實，不得有半點虛假。」我慚愧地點點頭。

這事雖已過去很久，但老師的話言猶在耳，時刻督促着我。

釋詞

① 記憶猶新：對過往發生的事記得很清楚。
② 心生一計：心中忽然想到一個主意。
③ 九霄雲外：霄：天的最高處。「九霄雲外」比喻無限高遠的地方，遠得無影無蹤。
④ 一覽無餘：覽：看；餘：剩餘。一眼看去，所有的景物全看見了。

媽媽，對不起

周末的一大早，我滿心歡喜地邊哼歌，邊收拾背包，準備去海洋公園。咦！媽媽呢？上周我們説好今天要去海洋公園的。

我興沖沖地走進媽媽房間，發現媽媽正躺在牀上。我對媽媽説：「媽媽，我們要出發了，快起牀吧！」媽媽支起身子，有氣無力地説：「媽媽今天不舒服，今天可能去不了海洋公園了。」我以為媽媽不守信用，頓時火冒三丈，怒氣沖沖地説：「我都等了一個星期了，怎麼説不去就不去呢？」媽媽見狀趕緊説：「好了，好了，媽媽陪你去。」我這才轉怒為喜，背着背包高高興興出門了。

寫作小貼士

成語「有氣無力」展現了媽媽的病況和無奈。

一路上，我興致勃勃地跟媽媽説話，但媽媽一直都顯得很疲倦，偶爾勉強地回應一句。我見媽媽走得很慢，就上前牽着媽媽的手一起走。我卻發現媽媽的手是冰涼的，額頭卻是滾燙的。我頓時感到十分內疚。回想我生病的時候，媽媽無論多忙，都會無微不至地照顧我，做我喜歡吃的食物逗我開心。而我呢，竟然心安理得地讓媽媽帶病陪我去玩，實在太過分了。我忐忑不安地對媽媽説：「媽媽，我們回家吧！」媽媽露出驚訝的表情。我説：「您生病了，應該在家休息，我不應該只顧着自己。」媽媽點點頭，和顏悦色地説：「我的孩子長大了，會體諒媽媽了。」

寫作小貼士

兩個相對的成語「心安理得」和「忐忑不安」展現了作者想法的變化。

我趕緊扶媽媽回家休息。看到媽媽安穩地睡了，我如釋重負，心裏暗自對媽媽説：「對不起，媽媽，我以後再也不任性了！」

一 成語運用

根據下面的圖意和文字，在橫線上填上適當的成語，答案可多於一個。

1. 媽媽說：「祖母生病住院，我們現在怎麼能 ________ 地出去旅遊呢？」

2. 剛剛還吵着要去旅行的我，聽到媽媽的話後立刻覺得 ________。

3. 祖母進了手術室三個多小時還沒有出來，大家都 ________。

4. 手術室的門終於打開了，醫生說祖母的手術很成功，所有人都 ________。

二 成語填充

選擇下列成語，填在段落的橫線上。

忐忑不安　如釋重負　將信將疑　若無其事

有一天放學後，我在客廳裏玩耍，一不小心竟打碎了媽媽心愛的花瓶。我擔心媽媽會責備我，便悄悄地將破碎的花瓶藏在櫃子裏。到了晚上媽媽捧了一束美麗的鮮花回來，想要放在客廳裏。可是，她找了找，才發現花瓶不見了，於是問我有沒有看見，我裝作 1.________________ 的樣子，說：「大概是您放到其他地方去了吧！」媽媽沒有說什麼，只露出 2.________________ 的表情，然後默默地拿起其他花瓶來插花。這件事看似順利過關，其實我整晚 3.________________，既吃不好，也睡不好。想了很久，我終於鼓起勇氣向媽媽承認錯誤，幸好媽媽見我能坦白交待，並沒有責備我。現在我終於 4.________________，可以好好睡一覺了。

單元四 戰場相見

熱火朝天	此起彼伏	棋逢敵手	不相上下	勢均力敵
不甘示弱	一馬當先	先發制人	千鈞一髮	單槍匹馬
人多勢眾	摩拳擦掌	生龍活虎	氣喘吁吁	

成語小學堂

熱火朝天 rè huǒ cháo tiān 褒

【解釋】**形容活動的氣氛熱烈，人們的情緒高漲，就像熾熱的火焰熊熊燃燒一樣。**

【例句】1. 在老師的鼓勵下，大家都熱火朝天地練習起來。
2. 擔當義工的同學在安老院大掃除時，做得熱火朝天。

【近義】成 熱氣騰騰、成 轟轟烈烈

【反義】成 死氣沉沉、詞 冷冷清清

此起彼伏 cǐ qǐ bǐ fú

【解釋】**這裏起來，那裏下去。形容接連不斷發生。**

【例句】1. 五顏六色的煙火升上天空時，歡呼聲此起彼伏。
2. 舞台劇觀眾席上不時響起掌聲，笑聲更是此起彼伏。

【近義】成 此伏彼起、成 此起彼落

【反義】成 風平浪靜

棋逢敵手 qí féng dí shǒu

【解釋】**比喻對戰或比賽的雙方實力差不多，難分高下。**

【例句】1. 奧林匹克運動會上兩名世界排名很高的運動員對戰，可謂棋逢敵手。

2. 小文和小明跑步的速度差不多，在這項一百米決賽中可算棋逢敵手。

【近義】㊈將遇良才、㊈勢均力敵

【反義】㊈不堪一擊、㊈大相徑庭

不相上下 bù xiāng shàng xià

【解釋】**分不出高低或好壞，形容水準相近。**

【例句】1. 雙方球員的實力不相上下，所以在球賽中僵持許久。

2. 哥哥的電腦知識水平和專業技術人員的水準不相上下，常為親友解決各種電腦問題。

【近義】㊈勢均力敵、㊈相去無幾

【反義】㊈天差地遠、㊈迥然不同

勢均力敵 shì jūn lì dí

【解釋】**比賽或交戰雙方力量相等，不分高低。**

【典故】北宋時，宰相王安石推行新法，意圖進行改革。當時的人分成兩派：一派以王安石為首，支持變法；另一派則反對王安石。朝臣呂惠卿極力巴結王安石，幫助推行新法，受到王安石重用。當時，王安石的勢力很大，呂惠卿無法與他匹敵，只有依附他。可是，後來王安石被罷職，呂惠卿終於累積了相當的實力，與王安石勢均力敵，就想盡辦法陷害王安石，令自己可以攀上高位。人們就以「勢均力敵」形容比併中實力相當的雙方。（蘇轍《宋史・卷三百三十九・列傳第九十八》）

【例句】1. 這場賽跑的參賽者勢均力敵，直到終點線才知結果。
2. 總統選舉中的候選人們勢均力敵，鬥得難分難解。

【近義】㊈不相上下、㊈棋逢敵手

【反義】㊈泰山壓卵、㊈強弱懸殊

不甘示弱 bù gān shì ruò

【解釋】**不情願、不甘心表現得比別人差。**

【例句】1. 比賽場上，運動員們個個不甘示弱，爭先恐後，惟恐自己輸給別人。

2. 紅隊在比賽中雖處於劣勢，但他們不甘示弱，依然頑強拚搏。

【近義】㊒不甘後人、㊒力爭上游

【反義】㊒甘拜下風、㊒自暴自棄

一馬當先 yī mǎ dāng xiān 褒

【解釋】**原指作戰時策馬走在最前頭。現今比喻走在領先位置，起帶頭作用。**

【例句】1. 賽跑一開始，三號跑線的選手便一馬當先，拋離其他選手。

2. 岳飛驍勇善戰，打仗時總是身先士卒，一馬當先，衝在隊伍的最前面。

【近義】㊒遙遙領先、㊒爭先恐後

【反義】㊒望塵莫及、㊒瞠乎其後

先發制人 xiān fā zhì rén

【解釋】**原指處於戰爭狀態的雙方中，先發動攻擊的一方處於主動地位，可以控制對方。現也泛指做事時先下手奪得主導權，牽制着對方。**

【典故】秦朝末年，老百姓都不滿秦朝統治，其中一人便是殷通，他去尋求甚有名望的項梁合作反抗秦朝高壓統治。殷通對項梁説：「現在長江中游兩岸都造反了，顯示了老天爺要滅掉秦朝，這是一個絕不可錯過的大好時機。先動手可以制服對方，後動手就要被對方制服了。因此，我希望趁早宣布起義，由你和桓楚兩人帶兵出戰，你覺得如何？」後人就以「先發制人」形容對戰或做事時採取主導權。（出處：司馬遷《史記·項羽本紀》）

【例句】
1. 在劍擊比賽中，他先發制人，向對手展開連番進攻。
2. 從歷史書中可知道打仗是要先發制人，否則就會被對方的軍隊攻陷。

【近義】㊀一馬當先　　【反義】㊀按兵不動

千鈞一髮 qiān jūn yī fà

【解釋】**鈞：古代重量單位，一鈞合三十斤。指千鈞重物用一根頭髮繫着，比喻情況萬分危急。**

【例句】1. 消防隊在千鈞一髮之際趕到火災現場，迅速撲滅了大火。

2. 警員在千鈞一髮的緊急關頭，勇敢地衝上前拘捕疑犯。

【近義】㊔迫在眉睫、㊔燃眉之急、㊔岌岌可危

【反義】㊔安如磐石、㊔安然無恙

單槍匹馬 dān qiāng pǐ mǎ

【解釋】**一枝槍，一匹馬。比喻獨自冒險衝向目標，亦喻指一個人獨自做事，沒有幫助，單獨行動。**

【例句】1. 他遠離家鄉，單槍匹馬來到這座繁華的大都市裏為生活打拚。

2. 那個旅行者不聽勸告，單槍匹馬冒着暴風雪前進。

【近義】㊔孤軍奮戰、㊔無依無靠、㊔孑然一人

【反義】㊔人多勢眾、㊔千軍萬馬

人多勢眾 rén duō shì zhòng

【解釋】**人數多，勢力便大。**

【例句】1. 運動會上，我班的啦啦隊人多勢眾，聲勢浩大，令運動員倍添動力。

2. 參與這次籌款活動的義工人多勢眾，必定能喚起大眾對貧困兒童的關注。

【近義】㊒千軍萬馬

【反義】㊒單槍匹馬

摩拳擦掌 mó quán cā zhǎng

【解釋】**形容行動之前心情激動，情緒高昂，急不可待，躍躍欲試。**

【例句】1. 這是班級的第一次象棋比賽，大家都摩拳擦掌，準備大顯身手。

2. 聽說學校要舉行籃球比賽，我們個個精神振奮，摩拳擦掌。

【近義】㊒躍躍欲試、㊒鬥志昂揚、㊒精神抖擻

【反義】㊒按兵不動、㊒士氣渙散

辨析

「摩拳擦掌」和「躍躍欲試」都有急切、想試試的意思。但「摩拳擦掌」偏重在急切的神情、態度乃至動作；「躍躍欲試」偏重在內心急切地想動手試試。

生龍活虎 shēng lóng huó hǔ 褒

【解釋】形容活潑矯健，富有生氣和活力。

【例句】1. 這羣生龍活虎的年輕人，讓宴會充滿了歡笑。

2. 經過救治，這頭受傷的小獅子又變得生龍活虎了。

【近義】成龍騰虎躍、成朝氣蓬勃、成生機勃勃

【反義】成死氣沉沉、成萎靡不振

氣喘吁吁 qì chuǎn xū xū

小貼士：「吁」不能寫成同音字「嘘」。

【解釋】形容呼吸急促，大聲喘氣。

【例句】1. 跑了一段距離後，姊姊上氣不接下氣，只能氣喘吁吁地說話。

2. 當我們從山腳走到山頂的時候，大家都氣喘吁吁了。

【近義】成氣喘如牛、成氣急敗壞

【反義】成心平氣和、成悠然自得

拔河

剛入冬，寒風一陣又一陣呼呼地颼着，讓人感到天寒地凍[1]。但在學校的運動場上，卻是熱火朝天，充滿了歡聲笑語。為什麼？因為五年級的幾個班別在進行拔河比賽呢！

寫作小貼士

運用「熱火朝天」、「歡聲笑語」襯托出運動場上的熱烈氣氛。用「天寒地凍」與「熱火朝天」作對比，也很貼切。

只見比賽場地中央放着一條又粗又長的繩子，中間繫着紅布。甲班和乙班的選手個個摩拳擦掌。兩邊的啦啦隊也緊張得像自己在場上似的。

一聲哨響，比賽開始了！兩邊的隊員雙手緊緊地握住繩子，咬緊牙關，雙腳蹬地，上身後傾，個個竭盡全力，都想贏得勝利。不一會兒，乙班的隊員猛地一扯，繩子順勢向這邊移動了一點。甲班也不甘示弱，發起力來，把繩子又拉回一點。場內比賽激烈極了，場外也非常熱鬧——啦啦隊的吶喊聲此起彼伏。很快，隊員都累得氣喘吁吁，卻還是繼續落力比賽。五分鐘過去了，繩子還是來回移動着，雙方勢均力敵，完全分不出勝負。突然，乙班的啦啦隊改變了策略，有節奏地大喊：「一、二；一、二」。就在這千鈞一髮的時刻，乙班終於把繩子拉了過來，贏得了勝利。「啊！我們贏了！」獲勝的隊員抱成一團，又喊又跳，非常高興。

寫作小貼士

運用成語「千鈞一髮」，更能表現當時情況的緊急。

通過這次比賽，大家學會了拔河需要的是合作，更明白了團結的重要。

釋詞

① 天寒地凍：形容天氣極為寒冷。

一場精采的足球比賽

「加油！加油！」運動場上傳來一陣陣吶喊聲，原來是學校即將舉行精彩的足球賽。球員們已經上場，個個生龍活虎，想要拿出各自的絕招，大顯身手[①]。而場邊的啦啦隊隊員們也毫不示弱，不停發出振奮人心[②]的吶喊。隨着裁判老師一場哨響，比賽開始了。

寫作小貼士

運用成語可簡潔而形象地描繪出運動場上球員和啦啦隊員們的精神狀態與熱鬧場面。

只見藍隊五號球員靈巧地帶着球，穩步向前推進。當白隊球員逼進的時候，他順勢將球一踢，傳到了同伴八號球員的腳下。還沒等對手回過神來，八號隊員飛起一腳，抬腳射門！可惜，球射偏了。

白隊也不甘示弱，只見小個子十四號運球時十分靈活，趁對方疏忽防守時，以迅雷不及掩耳[③]之勢，單槍匹馬帶球直射對方球門。球進了！運動場上爆發出一陣熱烈的歡呼聲！

寫作小貼士

「單槍匹馬」顯示人物藝高膽大的精神。

藍隊球員毫不氣餒，緊追不捨。而白隊球員靈活應變，互相配合。雙方比分不相上下，上半場以二比二平手結束。隊員們一個個氣喘吁吁，一邊喝水一邊聽教練教他們部署戰術。

休息時間一晃而過，下半場的比賽開始了，比賽進行得更加激烈。雙方勢均力敵，比分也一直相差無幾。直到比賽結束前的三分鐘，藍隊五號球員一馬當先避過幾名對手，射球進門，為球隊贏得了最後的勝利。「我們贏了！我們終於勝利了！勝利了！」整個球場沸騰了，掌聲、歡呼聲組成了一支動聽的交響曲。

寫作小貼士

用一連串恰當的成語描寫比賽情景，生動而傳神，使文章別具風采。

釋詞

① 大顯身手：充分展示自己的本領。
② 振奮人心：形容事物使人受到激勵。
③ 迅雷不及掩耳：雷聲突然響起，來不及掩耳，形容事情或行動來得突然。

一 成語辨別

下面的圖片中，哪些成語可以用來形容比賽情況呢？圈出正確的答案。

摩拳擦掌

熱火朝天

棋逢敵手

生龍活虎

不甘示弱

二 成語運用

句子中的劃線部分可用哪一個最適當的成語來代替？在橫線上填上正確答案。

例：

場上的運動員們個個活潑矯健，奮力搶球。

成語：生龍活虎

1. 綠隊的五號球員走在領先位置，跑去接住籃球。

成語：＿＿＿＿＿＿＿＿

2.

就在最後兩秒，在萬分緊急的關頭裏，球進了！

成語：＿＿＿＿＿＿＿＿

3.

這是一場雙方力量不分上下的球賽。

成語：＿＿＿＿＿＿＿＿

單元五 遊戲時光

東躲西藏	東張西望	躍躍欲試	昂首挺胸	爭先恐後
寸步難行	健步如飛	精神抖擻	筋疲力盡	虎視眈眈
眼疾手快	後來居上	翩翩起舞	三五成羣	

成語小學堂

東躲西藏 dōng duǒ xī cáng

【解釋】**指到處躲避藏匿。**

【例句】1. 聽到花貓的叫聲，一羣偷吃的老鼠嚇得東躲西藏。
2. 兔子在草叢裏東躲西藏，希望不會被老鷹抓住。

【近義】㊇左閃右避

【反義】㊇光明正大

東張西望 dōng zhāng xī wàng

【解釋】**東看看、西看看，到處看。形容為尋找東西或好奇而四處看，也指心神不安或注意力不集中。**

【例句】1. 妹妹跟在媽媽後面東張西望，幼稚園裏的一切都使她感到新鮮。
2. 老師要求我們上課的時候，精神一定要集中，不能東張西望。

【近義】㊇左顧右盼、㊇三心二意

【反義】㊇目不轉睛、㊇一心一意

躍躍欲試 yuè yuè yù shì

【解釋】**躍躍：跳躍的樣子。形容對某事情非常有興致，心情急切地想試試。**

【例句】1. 志文急切地看着教練，躍躍欲試，想上場一展身手。
2. 看着大家跳舞時快樂的表情，不會跳舞的靜如也躍躍欲試了。

【近義】㊔摩拳擦掌、㊔蠢蠢欲動

【反義】㊔無動於衷

「躍躍欲試」和「蠢蠢欲動」都有急切想要開始行動的意思。但「躍躍欲試」側重於興奮地想要嘗試；「蠢蠢欲動」側重於意圖為害作亂，帶貶意。

昂首挺胸 áng shǒu tǐng xiōng

【解釋】**昂：抬起。仰着頭，挺起胸膛。形容精神飽滿，情緒振奮。**

【例句】1. 站在門邊的警衛個個昂首挺胸，精神抖擻。
2. 隊員們昂首挺胸，高喊口號，決心在這次比賽中奪取冠軍。

【近義】㊔昂首闊步、㊔精神抖擻

【反義】㊔暮氣沉沉、㊔萎靡不振

爭先恐後 zhēng xiān kǒng hòu

【解釋】**搶着向前，害怕落後。**

【典故】春秋時期，趙襄子拜王子期為師，學習駕馬車。學了不久，趙襄子提出與師父比賽。

比賽時，王子期鎮定自若，而趙襄子神色緊張，眼睛一直看着師父，搶着向前，惟恐落後，然而結果卻輸了。趙襄子不服，跟師父換了三次馬，每次還是輸。

成語「爭先恐後」便出自這個故事，形容人因怕落後而爭着領先。（出處：韓非《韓非子．喻老》）

【例句】1. 人們看到大片花海，爭先恐後地衝前拍照。

2. 在跑道上，選手們個個爭先恐後，奮力向前飛奔。

【近義】㊟一馬當先、㊟不甘後人、㊒你追我趕

辨析

「爭先恐後」和「不甘後人」都含有不肯落在別人後面的意思。但「爭先恐後」還有「爭先」和「在公共場合不守秩序」的意思；「不甘後人」沒有。

寸步難行 cùn bù nán xíng 貶

【解釋】**連一步都難以前行。形容走路困難，也比喻體力不支或處境艱難。**

【例句】1. 大雨過後，山路又濕又滑，車輛都寸步難行。

2. 雖然老師講解了製作布偶的方法，但讓我獨自動手完成，還是寸步難行。

【近義】成舉步維艱、成寸步難移、成插翅難飛

【反義】成一帆風順、成暢行無阻

健步如飛 jiàn bù rú fēi

【解釋】**健步：腳步輕快而有力。指步伐矯健，跑得飛快。**

【例句】1. 祖父雖然很老了，但是身體健壯，健步如飛。

2. 爸爸在前面健步如飛地走着，我一路小跑都沒追上。

【近義】成大步流星、成昂視闊步

【反義】成寸步難行、詞舉步艱難

精神抖擻 jīng shén dǒu sǒu 褒

【解釋】**抖擻：振奮的樣子。形容精神飽滿振作，積極進取。**

【例句】1. 冬天，萬物凋零，松柏卻精神抖擻地挺立着，抵擋大風大雪。

2. 我和爸爸於清早一邊行山，一邊深深呼吸着山林裏的新鮮空氣，感到精神抖擻，渾身充滿力量。

【近義】成精神煥發、成容光煥發

【反義】成筋疲力盡、成沒精打采

筋疲力盡 jīn pí lì jìn

【解釋】**筋肉疲憊，氣力耗盡。「筋疲力盡」形容非常的疲累。**

【例句】1. 蜘蛛把蒼蠅拖來拖去，等蒼蠅累得筋疲力盡，才高高興興地享用了這頓美食。

2. 在地震後負責援救工作的消防員即使已經筋疲力盡了，也沒有停下來，只希望能救出更多生還者。

【近義】成身心交瘁、成心力交瘁

【反義】成精神抖擻、成精神煥發

虎視眈眈 hǔ shì dān dān 貶

【解釋】**眈眈：瞪眼的樣子。形容貪婪而兇狠地注視着，想乘機下手。**

【例句】1. 一羣餓狼對野牛虎視眈眈，喉嚨裏還發出低吼聲。

2. 劫匪緊緊跟在男人的後面，虎視眈眈地盯着他的背包。

【近義】成 凶相畢露、成 如狼似虎

【反義】成 含情脈脈

眼疾手快 yǎn jí shǒu kuài 褒

【解釋】**眼光敏銳、動作利落。形容做事機警敏捷。**

【例句】1. 媽媽剛要跌倒，幸好爸爸眼疾手快，一把拉住了媽媽的胳膊。

2. 打乒乓球不但要眼疾手快，還要有良好的心理素質，不能過於急躁。

【近義】成 眼明手快

【反義】詞 笨手笨腳、詞 笨頭笨腦

後來居上 hòu lái jū shàng 褒

【解釋】**居：處在。本指堆積柴枝時，後搬來的反而在上面。現指後起的人或事物勝過先前的；後輩勝過前輩。**

【典故】西漢時，漢武帝有一位正直的大臣叫汲黯。汲黯常直指漢武帝施政不當之處。因此，漢武帝雖然讓汲黯擔任要職，但卻一直不怎麼喜歡他；相反，有幾位臣子的官職很小，卻因為懂得討漢武帝的歡心，後來更出任丞相等重要職位，比汲黯還高。汲黯心有不滿，於是就對漢武帝說：「陛下您用人就像農夫堆柴枝那樣，後來的柴枝反而在上面。」汲黯認為提拔人才要論資排輩，不可讓資歷較淺的人後來居上。（出處：司馬遷《史記．汲鄭列傳》）

【例句】1. 子光雖然學棋比我遲，卻後來居上，很快超過了我。
2. 這家新公司憑創意後來居上，成為同行的領導者。

【近義】成青出於藍、成後生可畏、詞後浪推前浪

翩翩起舞 piān piān qǐ wǔ

【解釋】**形容輕快地跳舞。**

【例句】1. 聯歡會上，女孩們穿着漂亮的裙子，在舞台上翩翩起舞，十分好看。

2. 她們漫步在花田裏，好像一羣蝴蝶在翩翩起舞。

【近義】㊉輕歌曼舞、㊂婆娑起舞、㊂漫天飛舞

三五成羣 sān wǔ chéng qún

【解釋】**三個、五個人在一起。形容一夥一夥的人，以幾個人一組在一起。**

【例句】1. 夏天的傍晚，人們三五成羣地來到海邊散步、乘涼。

2. 在咖啡館裏，人們三五成羣地坐在一起聊天、喝咖啡。

【近義】㊉三三兩兩、㊂聯羣結隊

「二人三足」遊戲

體育課上，老師對我們說：「今天我們玩一個遊戲，名字叫『二人三足』，大家想不想玩？」同學們一聽要玩遊戲，立刻歡呼起來，個個摩拳擦掌，躍躍欲試。

寫作小貼士

「躍躍欲試」形象地表現出同學們對參加遊戲的熱情。

老師示意我們安靜下來，並為我們介紹遊戲的規則。很快，遊戲開始了，我和美儀一組，我倆把左腳和右腳捆在一起，信心十足地站在起跑線上。只聽到老師一聲令下，大家都你追我趕，爭先恐後向前跑去。

我和美儀互相攙扶着，但由於我們走得太急，步調又沒有協調一致，所以一路上跌跌撞撞，寸步難行。我偷偷看了一眼旁邊的文文和小樂，他們雖然身材瘦小，但默契十足，健步如飛。正在我着急的時候，突然一個不小心，我和美儀摔倒了。我們趕緊爬起來，這時聽見同學們大聲喊：「喊口號，喊口號！」我和美儀趕緊搭着對方的肩，嘴裏一起喊着：「左、右、左、右……」一路奮起直追[①]。終於在我們共同努力下，到達了終點。

寫作小貼士

用「寸步難行」表現出二人三足前進的艱難，十分貼切。

比賽在同學們的吶喊中熱火朝天地進行着，雖然我們沒有進入下一輪的比賽，但「二人三足」遊戲讓我明白合作的重要，只有和隊友團結一致，才能走到終點。

釋詞

① 奮起直追：在落後的情況下奮發起來，緊追上去。

老鷹捉小雞

小息時，我和同學們在玩「老鷹捉小雞」的遊戲。由志輝做「老鷹」，詠文做「雞媽媽」。只見「雞媽媽」昂首挺胸，張開雙臂，勇敢地攔住「老鷹」。「老鷹」裝出一副可怕的樣子，張牙舞爪①，嘴裏不停地叫着：「老鷹來了，老鷹來了！」「老鷹」先朝左跑，「雞媽媽」機靈地一閃身，攔住了他的去路。「老鷹」又迅速地朝右邊跑過去，沒想到「雞媽媽」早料到他會出這招，早早地擋在了「老鷹」面前。「小雞」們跟着「雞媽媽」左躲右閃，把「老鷹」弄得暈頭轉向②。

寫作小貼士
運用兩個成語簡練地描畫出老鷹與母雞的形象。

「老鷹」見抓不住「小雞」，便停在原地虎視眈眈，「雞媽媽」眼睛緊緊地盯着「老鷹」。突然，「老鷹」往左跑，「雞媽媽」急忙往左邊擋，「老鷹」卻出其不意③地攻擊「雞媽媽」的右側，「雞媽媽」一看中計了，便大聲喊道：「快跑啊！『老鷹』來了。」「小雞」們立刻嚇得東躲西藏。慌亂中，一隻「小雞」走丟了，不幸被「老鷹」抓住。「小雞」們面對着「老鷹」，寸步難行，「老鷹」趁機又抓了好幾隻「小雞」。

寫作小貼士
用「虎視眈眈」將老鷹的神情描寫得十分生動。

寫作小貼士
遊戲進行得十分激烈，通過成語，將場景生動地刻畫出來。

不久，進攻又開始，「雞媽媽」揮動雙臂，忽左忽右地跟着「老鷹」。「老鷹」東張西望，無法下手。「老鷹」累得氣喘吁吁，卻沒有抓到「小雞」。

上課鈴聲響了，大家都玩得十分盡興，笑聲響徹校園。

釋詞
① 張牙舞爪：形容猛獸發威的模樣。
② 暈頭轉向：神志昏眩的樣子。
③ 出其不意：趁人不備，出於對方意料之外。

一 成語填充

選擇下列成語，填在句字的橫線上。

健步如飛　躍躍欲試　精神抖擻
筋疲力盡　三五成羣

1. 在跑步比賽衝線後，他們都 ________________，就像剛到站的火車頭，大口大口地吐着白氣。

2. 只見他 ________________，閃過攔截的對方球員，猛地起腳用力一射，球進了！

3. 守門員 ________________ 地站在門前，渾身像上足了發條似的，隨時準備開動。

4. 本來妹妹因為怕跌倒而不肯學騎單車，但她見到弟弟學得很開心，她又 ________________，嚷着要爸爸教她。

5. 操場上，同學們 ________________ 地圍在一起分享零食，邊吃邊聊天。

二 段落填充

選擇下列成語，填在段落的橫線上。

翩翩起舞　　東躲西藏　　眼疾手快

小息的時候，操場上有幾個同學在玩「老鷹捉小雞」的遊戲，「小雞」們跟着「雞媽媽」1.________________，可是還是被 2.________________ 的「老鷹」抓到了！

另一羣同學則在玩跳繩，同學們有節奏地揮動着手臂，長長的大繩像彩帶一樣飛舞，同學們一個個輕巧得像燕子似的在繩中 3.________________，穿來穿去，玩得非常開心。

單元六 四季變化

春光明媚	春暖花開	春回大地	春寒料峭	蒼翠欲滴
驕陽似火	汗流浹背	揮汗如雨	秋高氣爽	五穀豐登
寒氣逼人	滴水成冰	天寒地凍	鵝毛大雪	

成語小學堂

春光明媚 chūn guāng míng mèi 褒

【解釋】**明媚：鮮豔可愛。形容春天的景物十分美好。**

【例句】1. 春光明媚的三月，是到郊外遠足的好時間。

2. 新年過後，春天來了，即使在建築物繁多的香港，也不難看到春光明媚的美麗景象。

【近義】㊒春暖花開、㊒花紅柳綠

【反義】㊒天寒地凍、㊒冰天雪地

春暖花開 chūn nuǎn huā kāi

【解釋】**春天氣候温暖、百花盛開，景色優美。也比喻遊覽、觀賞的大好時機。**

【例句】1. 當北方還是冰天雪地的時候，香港卻已是春暖花開、百花齊放的季節了。

2. 每年春暖花開時正是賞花的大好時節。

【近義】㊒春回大地、㊒百花齊放

【反義】㊒天寒地凍、㊒冰天雪地

春回大地 chūn huí dà dì

【解釋】好像春天又回到大地。形容嚴寒已過，温暖和生機又來到人間。

【例句】1. 春回大地，萬象更新，春天是個充滿生機的季節。
2. 春回大地，候鳥也開始飛回北方了。

【近義】㊖生機勃勃

【反義】詞了無生氣

春寒料峭 chūn hán liào qiào

小貼士：「峭」粵音「俏」。

【解釋】料峭：微寒。形容初春時寒冷的天氣。

【例句】1. 早春的天氣依舊有些春寒料峭，人們不得不穿着厚厚的冬衣出門。
2. 冬天過去之後，雖然還會有春寒料峭，可是萬物卻已開始復甦。

【近義】詞料峭輕寒

【反義】詞春風和煦

蒼翠欲滴 cāng cuì yù dī

【解釋】**蒼翠的顏色像是要滴下來似的。形容草木茂盛、充滿生機。**

【例句】1. 盛開的花朵被蒼翠欲滴的綠葉包圍着，顯得格外的漂亮。

2. 大嶼山樹木茂盛，蒼翠欲滴，真是都市人親近自然、放鬆心情的好去處。

【近義】成 枝繁葉茂

【反義】詞 枯黃凋零

驕陽似火 jiāo yáng shì huǒ

【解釋】**驕陽：強烈的陽光。指猛烈的太陽像火一樣燃燒，多形容夏日的炙熱。**

【例句】1. 在驕陽似火的盛夏，蓮花依舊靜靜地盛開在池塘中。

2. 驕陽似火的天氣裏，他們大汗淋漓地騎着單車，開始了台灣的環島之旅。

【近義】詞 烈日炎炎、詞 烈日當空

【反義】成 冰天雪地、成 天寒地凍

汗流浹背

hàn liú jiā bèi

小貼士：「浹」粵音「接」。「浹」不能寫作「夾」。

【解釋】**浹：濕透。汗水流得滿背都是。形容渾身出汗，背上的衣服都濕透了；也形容極度恐懼或慚愧導致滿身大汗。**

【典故】有一天，漢文帝問右丞相周勃：「全國一年之中要審理和判決的案件一共有多少件？」周勃一聽，愣了一下，低着頭，回答說：「不知道。」文帝又問：「全國上下每年收入和支出的金錢又是多少？」周勃急出一身冷汗，汗水多得把脊背的衣服都弄濕了。成語「汗流浹背」便由此而來。

【例句】1. 烈日下，運動員個個都汗流浹背，但仍努力練習。
2. 那位歌星在台上突然忘記歌詞，嚇得汗流浹背。

【近義】㊔揮汗如雨、㊔汗如雨下、詞大汗淋漓

【反義】㊔寒風刺骨

揮汗如雨 huī hàn rú yǔ

【解釋】揮：抹去。大家用手抹汗，抹下的汗水如同下雨一般。比喻流汗很多。

【例句】1. 工人們在建築工地辛勤地工作着，個個揮汗如雨。
2. 運動員們在比賽場上揮汗如雨，努力爭取佳績。

【近義】㊒汗流浹背、㊒汗如雨下、㊔大汗淋漓

辨析

「揮汗如雨」和「汗流浹背」都形容出汗很多，不同在於：「揮汗如雨」比喻出汗的程度重，帶有誇張意味；「汗流浹背」除了指汗多，還有由於害怕、緊張而出汗的意思。

秋高氣爽 qiū gāo qì shuǎng 褒

【解釋】形容秋天天空晴空萬里，天氣清爽，氣候宜人。

【例句】1. 在秋高氣爽的日子，我們選擇到郊野公園遠足，欣賞自然美景。
2. 我最喜歡秋天秋高氣爽的天氣，不像夏天般炎熱潮濕，也不像冬天般乾燥寒冷。

【近義】㊒秋色宜人、㊒秋高氣肅

五穀豐登 wǔ gǔ fēng dēng 

【解釋】**五穀：農作物的總稱；登：成熟、登場。形容農業豐收，各種糧食收成好。**

【例句】1. 五穀豐登是農夫們最大的願望，也是對他們辛勞工作的最好回報。

2. 秋收時節，農田裏的一片片金黃道出了五穀豐登的景象。

【近義】㊀六畜興旺、詞年穀順成

【反義】㊀顆粒無收

成語小百科　「五穀」一詞出現於春秋時期，指的是：稻、黍（小米）、稷（高粱）、麥、菽（豆），後泛指糧食。

寒氣逼人 hán qì bī rén

【解釋】**天氣極為寒冷。**

【例句】1. 十二月，加拿大寒氣逼人，人們都穿上厚衣。

2. 當香港這邊還是炎夏，有些地方已經是寒氣逼人了。

【近義】成天寒地凍、成雪窖冰天

【反義】成春暖花開

滴水成冰 dī shuǐ chéng bīng

【解釋】**天氣非常寒冷，大地到處結冰，水滴下去就成冰。**

【典故】明代作家馮夢龍的《醒世恆言》中有一篇〈李玉英獄中訟冤〉，提及有些男子於妻子過世後再娶，這個再娶的妻子就成了孩子的繼母。待這些孩子娶妻生子後，有些繼母就故意為難繼子的妻子：但凡孫兒生病，這些繼母就將責任歸咎於繼子的妻子；即使在滴水成冰的天氣下，仍要繼子的妻子洗衣服，而且還要嫌棄她洗得不夠乾淨。成語「滴水成冰」由此而來。（出處：馮夢龍《醒世恆言》）

【例句】1. 即使是滴水成冰的隆冬，祖父仍堅持每日晨跑。

2. 滴水成冰的天氣也阻不了同學們去郊遊的熱情。

【近義】㊀天寒地凍、㊁千裏冰封

【反義】㊀驕陽似火、㊁赤日炎炎

天寒地凍 tiān hán dì dòng

【解釋】**天氣非常寒冷。**

【例句】1. 在天寒地凍的日子，最適宜圍在一起吃火鍋。
2. 人們紛紛穿上羽絨，抵擋天寒地凍的天氣。

【近義】㊀滴水成冰、㊁千裏冰封

【反義】㊀驕陽似火、㊁赤日炎炎

鵝毛大雪 é máo dà xuě

【解釋】**像鵝毛一樣的雪花。形容雪下得大而猛。**

【例句】1. 凜冽的寒風捲着鵝毛大雪，令周圍雪白一片。
2. 昨晚下了整晚的鵝毛大雪，早上起來一看，到處有厚厚的積雪，讓大家寸步難行。

【近義】㊀冰天雪地、㊁大雪紛飛

江南的四季

江南的四季分明，季節更替成為美麗的景色。春天的江南，春光明媚，春暖花開。草地重新換上綠衣，各式各樣的花朵又開始綻放。走過春寒料峭的日子，動物又再充滿活力，紛紛走出來迎接春天。春回大地，到處是滿有朝氣的景象。

接着，驕陽似火的夏季，在蟬的鳴叫聲中到來。雖然烈日當空，但蒼翠欲滴的濃蔭為汗流浹背的人們遮陰。孩子們都不怕大大的太陽，與小伙伴一起到處嬉戲，玩個痛快。

寫作小貼士

通過成語簡練地刻劃出夏季最為突出的特點，是不是很省筆墨呢？

像蝴蝶般翩翩起舞的黃葉，是秋天的信使，正所謂一葉知秋①，看到黃葉飄落時，人們便知道秋天來了。田裏長着各種作物等待收割……好一個五穀豐登、碩果累累②的季節。

至於雪花就標誌着江南冬季的來臨。堆雪人，打雪仗，賞紅梅，跟朋友一起玩樂，這樣的冬天真有趣。

江南的四季，季季都是好時光。

寫作小貼士

瞧，漢語中描寫四季風光有着豐富多彩的成語，快點學會它們來寫出你的美文呀！

① 一葉知秋：從落葉就知道秋天來了。
② 碩果累累：成熟的果實壓滿枝頭，也比喻巨大的成績、榮譽或相當多的優異成績。

張家界遊記

今年聖誕，我們全家來到了湖南的張家界遊玩。十二月的香港依舊温暖如春，但到了湖南之後我們卻立刻感受到滴水成冰的寒意。爸爸告訴我，雖然這次我們看不到蒼翠欲滴的山林美景，卻可以欣賞到飄着鵝毛大雪的山景，是非常難得的體驗呢。

寫作小貼士
運用成語點出夏、冬兩季迥然不同的山景，可激起讀者閱讀的興趣。

我們坐上纜車，猶如身處一個移動的觀景台，此時的張家界雲遮霧繞，有如仙境。隨着「觀景台」不斷上升，氣温開始明顯降低，不時有零星的雪花從空中飄下。

纜車在山頂停下來。雪越下越大，從未見過雪的我們欣喜若狂①。我們下了纜車，眼前一片冰天雪地，透過紛紛揚揚的雪花，依稀可見危峯兀立②，所有的樹木和岩石都被籠罩在一片白色之中。

鵝毛大雪不斷地在空中飛舞，落在山間的景物上，把張家界逐漸變成了天寒地凍的世界。

寫作小貼士
一連串成語的運用，如圖畫一般展現出冬天的景象，使人有身臨其境之感。

爸爸告訴我，張家界在億萬年前是一片汪洋大海，經過滄海桑田③的變遷，海洋成了山川，也造就了張家界獨特的風光。我不禁感歎：大自然真是偉大的雕刻家，不僅將張家界打造得如此雄奇險峻，更締造了冰雪嚴寒裏的奇跡！

釋詞
① 欣喜若狂：形容非常興奮。
② 危峯兀立：山峰筆直地挺立，感覺很危險的樣子，形容山勢險峻。
③ 滄海桑田：比喻自然界或世事變化很大。

一 成語連線

將春夏秋冬與適合用來形容這些季節的成語用線連起來。

1. 

春天 • • 春暖花開

2. 

夏天 • • 天寒地凍

3. 

秋天 • • 五穀豐登

4. 

冬天 • • 揮汗如雨

二 成語運用

句子中的劃線部分可用哪一個最適當的成語來代替？在橫線上填上答案。

例：

媽媽，你看，春天回到大地上來了，樹上露出了新芽呢！

成語：春回大地

1. 是呀，春天來了，萬物復甦，到處氣候溫暖、百花盛開，景色優美，充滿生機。

成語：＿＿＿＿＿＿＿＿

2. 山上的樹也長得鬱鬱蔥蔥，蒼翠的顏色像是要滴下來似的。

成語：＿＿＿＿＿＿＿＿

3. 不過我還是最愛夏天，雖然夏天很熱，總是汗水流得滿背都是，可是有西瓜吃啊！

成語：＿＿＿＿＿＿＿＿

4. 你真貪吃！勤勞的農夫們要在春天播種，秋天才會有很好的糧食收成呢！

成語：＿＿＿＿＿＿＿＿

單元七 自然景色

青山綠水	山明水秀	心曠神怡	湖光山色	詩情畫意
漫山遍野	一望無際	美不勝收	念念不忘	依依不捨
悠然自得	無憂無慮	無拘無束	雄偉壯麗	

成語小學堂

青山綠水 qīng shān lǜ shuǐ 褒

【解釋】**形容美麗如畫的河山。**

【例句】1. 這個山莊被青山綠水環抱，秀麗的景色如同一幅風景畫，美麗動人。

2. 媽媽最大的心願是到世界各地去旅行，欣賞各地的青山綠水，感受不同的風土人情。

【近義】(成)山清水秀、(成)山明水秀　　【反義】(成)窮山惡水

山明水秀 shān míng shuǐ xiù 褒

【解釋】**山色清明，水色秀麗。形容景色優美。**

【例句】1. 景區裏山明水秀，空氣清新，難怪大家都喜歡到這裏來遊玩。

2. 爸爸被瑞士山明水秀的美景吸引，希望能親自去遊覽一番。

【近義】(成)風光綺麗、(成)山清水秀　　【反義】(成)窮山惡水

心曠神怡 xīn kuàng shén yí 褒

【解釋】**曠：開闊；怡：愉快。心境開闊，精神愉快。**

【典故】北宋時有一名官員叫滕子京，他因為被誣告而遭貶官到岳州。他上任翌年便重修岳陽樓，並邀請文學家范仲淹寫一篇《岳陽樓記》。

《岳陽樓記》有一段寫到春天的景致：鳥兒在飛，魚兒在游，春暖花開。登上岳陽樓欣賞這種美麗的景色，使人有一種心曠神怡的心情。

後人多以「心曠神怡」形容欣賞自然景色或詩畫、音樂等藝術。（出處：范仲淹《岳陽樓記》）

【例句】
1. 聽完一首輕音樂後，我感到心曠神怡，心情再也不覺得煩悶了。
2. 我突然聞到淡淡的茉莉花香，頓時整個人心曠神怡。

【近義】㊒賞心悅目、㊒怡然自得、㊒怡情悅性

【反義】㊒心煩意亂、㊂心慌意亂

湖光山色 hú guāng shān sè 褒

【解釋】**湖上的風光，山鄉的景色。形容有湖有山的地方風景優美。**

【例句】1. 山腳下有一個湖，綠樹環繞，湖光山色，猶如仙境。
2. 杭州優美的湖光山色，令遊人流連忘返。

【近義】㊓山光水色、㊓江山如畫、㊓錦繡江山、㊓錦繡山河

【反義】㊓窮山惡水

詩情畫意 shī qíng huà yì 褒

【解釋】**如詩的感情，如畫的意境。形容自然景物有如詩畫般美好浪漫。**

【例句】1. 秋天的山野像一幅優美的山水畫，充滿了詩情畫意。
2. 中國古代的設計師精心打造了一座座充滿詩情畫意的園林，直到現在仍令人讚歎。

【近義】㊓江山如畫

【反義】㊓平淡無奇

漫山遍野 màn shān biàn yě

【解釋】**漫：滿；遍：到處。滿布山上和田野上。「漫山遍野」形容為數甚多，到處都是。**

【例句】1. 一到春天，漫山遍野的小花好像為山坡穿上花衣裳。
2. 漫山遍野的紅葉把整座山染得火紅，非常壯觀。

【近義】㊀鋪天蓋地、詞滿坑滿谷

【反義】成寥若星辰

「漫山遍野」偏重於形容數量多、範圍廣；「鋪天蓋地」則偏重於形容事物來得多，勢頭大。

一望無際 yī wàng wú jì

【解釋】**際：界限、邊緣。指一眼看不到邊。形容極其遼闊，沒有盡頭。**

【例句】1. 一望無際的海面上，一艘巨大的貨輪緩慢地行駛着。
2. 夏日的夜晚，一望無際的天空布滿無數的小星星。

【近義】成無邊無際、成漫無邊際、成海闊天空

【反義】成彈丸之地

美不勝收 měi bù shèng shōu 褒

【解釋】**勝：盡、完；收：接受。指美好的東西很多，一時看不過來，接受不完。**

【典故】清朝時有一個文人叫袁枚，他寫了一篇《隨園詩話》，提到他到已故文人齊召南的家中作客。齊召南的兄弟拿出齊召南以前的作品，請袁枚幫忙寫序。於是袁枚花了半天時間翻閱摘錄，看到內容博大精深，認為美極了，實在無法一一收錄。成語「美不勝收」由此而來，最初是用來形容文筆流麗的文學作品，現今卻多用來形容景色或藝術品。

【例句】1. 公園裏百花盛放，美不勝收。

2. 布拉格市內盡是中世紀的城堡建築羣，美不勝收。

【近義】㊒琳瑯滿目、㊒目不暇給

【反義】㊒不堪入目

念念不忘 niàn niàn bù wàng

【解釋】**念念：時刻思念着。形容牢記於心，時刻不忘。**

【例句】1. 我在北京吃過一次烤鴨，那滋味使我至今念念不忘。
2. 瑞士壯麗的雪山景色讓看過的人念念不忘。

【近義】㊀耿耿於懷、㊀朝思暮想

【反義】㊀置之不理、㊀一笑置之

辨析

「念念不忘」和「耿耿於懷」都有常念在心、時刻不忘的意思，但是「耿耿於懷」常指一些不太愉快的往事或是尚未達到的心願，使人總記在心，成為一樁心事；而「念念不忘」牽涉的事情範圍較廣，比較普通。

依依不捨 yī yī bù shě

【解釋】**依依：依戀的樣子；捨：放棄。形容非常留戀，捨不得離開。**

【例句】1. 哥哥要去國外學習半年，我們在機場依依不捨地送別他，大家都不想說再見。
2. 飽覽古城的湖光山色後，離開時大家都對美麗的景色依依不捨。

【近義】㊀戀戀不捨、㊀依依惜別

【反義】㊀一刀兩斷、㊀揚長而去

悠然自得 yōu rán zì dé

【解釋】悠然：閒暇舒服的樣子；自得：內心得意而舒適。形容態度從容、內心得意、心情舒適。

【例句】1. 幾朵白雲悠然自得地飄浮在藍天上。

2. 我們在郊外野餐，度過了一個悠然自得的周末。

【近義】㊀成 自得其樂、詞 悠閑自在

【反義】成 膽戰心驚、成 提心吊膽

無憂無慮 wú yōu wú lǜ

小貼士：「憂」不能寫作「優」。

【解釋】沒有一點憂愁和顧慮。

【例句】1. 孩子們無憂無慮地在公園玩耍，爽朗的歡笑聲充分表現了他們的愉快心情。

2. 池塘裏養着無數條小魚，牠們無憂無慮地在水裏游來游去。

【近義】成 無牽無掛、成 逍遙自在

【反義】成 憂心忡忡、成 憂心如焚

無拘無束 wú jū wú shù

【解釋】**不受任何拘束。形容非常自由，沒有限制，沒有約束。**

【例句】1. 幾隻鳥兒無拘無束地在樹木間飛翔，令人羨慕牠們的自由自在。

2. 我放開小狗的牽繩，讓牠無拘無束地在草地上奔跑。

【近義】㊄自由自在

【反義】㊄籠中之鳥、㊄縮手縮腳、㊄束手束腳

辨析

「無拘無束」和「自由自在」都含有沒有約束，很自由的意思。但「無拘無束」偏重於態度自然大方，言行沒有約束；而「自由自在」偏重於行動自由，非常安閒舒適。

雄偉壯麗 xióng wěi zhuàng lì 褒

【解釋】**形容山川景物及建築等景色宏偉壯觀。**

【例句】1. 古建築和四周的山景形成一道雄偉壯麗的風景畫。

2. 看着眼前雄偉壯麗的景色，遊人們都讚歎不已。

【近義】㊄氣勢磅礴、㊂景色秀麗

【反義】㊄平平無奇

遊郊野公園

周末的早上，爸爸説：「今天天氣不錯，我們去郊野公園玩吧！」我和姊姊頓時心花怒放，趕緊起牀梳洗，準備出發。

車輛載着我們漸漸遠離了熱鬧的市區，出現在眼前的是一片青山綠水。不一會兒，我們便到了郊野公園。這裏山明水秀，空氣十分清新，使人神清氣爽[①]！爸爸説：「你倆負責鋪墊子，我和媽媽準備食物。」我和姊姊在一塊空地上鋪上墊子，爸爸媽媽將各種食物擺放在墊子上，隨後他倆拿出書，悠然自得地看起來。

姊姊説：「我們四處去看看吧！」在不遠處有一片小樹林，樹林裏不時傳來小鳥的叫聲。我和姊姊穿過樹林，頓時眼前一亮，這裏竟然有一座小小的人工湖，湖光山色，十分優美。湖的四周用木欄杆圍起來，我們趴在欄杆上，這時，我看到水裏有一羣黑色的小魚，趕緊叫姊姊看，但姊姊笑着説：「這哪裏是小魚，這是蝌蚪啊！」我第一次看到蝌蚪就鬧了個大笑話，我不好意思地吐了吐舌頭。

寫作小貼士

妙用成語，令人有身臨其境的感覺。

我們回到爸爸媽媽那裏，一起吃完美食後，便躺在草地上休息。藍藍的天空上，幾朵白雲無憂無慮地飄浮着，鳥兒歡快地歌唱。這真是一個美好的周末，希望能經常到郊外來放鬆身心。

寫作小貼士

用「無憂無慮」來形容白雲，既形象，又生動。

釋詞

① 神清氣爽：形容人神志清爽，心情舒暢。也形容人長得神態清明，氣質爽朗。

香山紅葉

去年秋天，媽媽帶我去北京旅行，北京的風土人情[1]給我留下了深刻的印象，但是最令我念念不忘的不是那兒的美食，而是北京香山上的片片紅葉，現在想起來，還記憶猶新。

寫作小貼士

「風土人情」和「念念不忘」運用在轉折的句子中，突出對北京香山的喜愛以及印象之深。

那天萬里無雲，我們乘車前往香山。我遠遠看見連綿起伏[2]的山像一條燃燒的火龍，非常壯觀。

我們走進公園大門，放眼望去，漫山遍野的紅葉像一片片晚霞，映紅了半邊天空。順着彎彎曲曲的小路向山上攀登，香山的紅葉真是千姿百態[3]：掛在樹上的，好像一朵朵盛開的紅色小花；飄在空中的，好像一隻隻紅色的蝴蝶在空中飛舞；落在樹旁湖裏的，彷彿是一條條紅色的小船順着湖水漂來漂去；落在地上的，就像給大地鋪上一塊巨大的紅地毯。一切都充滿了詩情畫意。

寫作小貼士

用「漫山遍野」可以形象地表現出香山紅葉的多與壯觀。

這時，媽媽說：「走吧！我們到山頂看看。」我一邊走一邊撿了幾片紅葉，將它們放進背包裏，打算帶回家做成書簽。當我們爬到山頂，媽媽興奮地叫道：「啊！太美了！」我走過去往下一看，滿山的紅葉盡收眼底，它們就像一片一望無際的紅色大海，波濤洶湧的浪潮不停地上下起伏。

我們在山頂拍照留念，不時吹來一陣涼風，讓人心曠神怡。直到下午，我們才依依不捨地離去。香山，真是旅遊的好地方。

寫作小貼士

運用比喻寫景，使文章更加富有表現力。

釋詞

① 風土人情：一個地方的鄉土風俗。
② 連綿起伏：有高有低，連續不斷。
③ 千姿百態：形容姿態多種多樣。

一 圖說成語

下面的圖片和漢字能組成什麼成語？在橫線上填上答案。

1. 青  綠 

成語：________________

2. 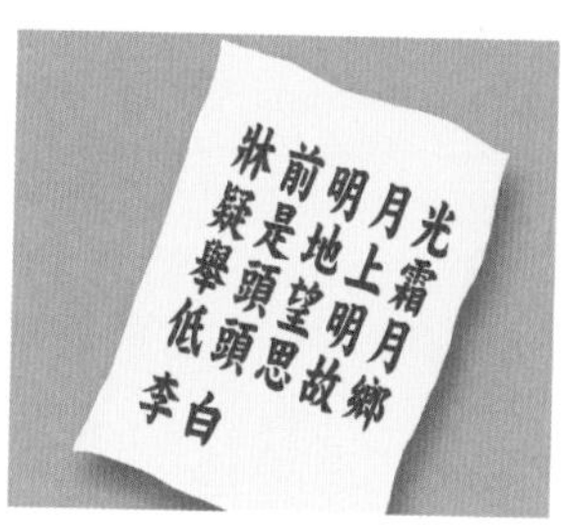

情  意

成語：________________

3. 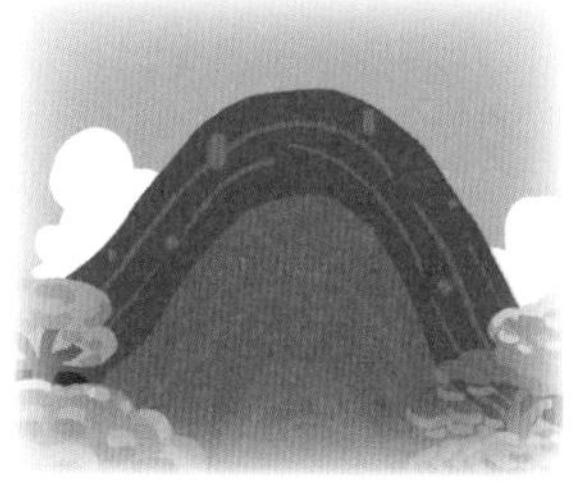 明  秀

成語：________________

二 成語運用

句子中的劃線部分可用哪一個最適當的成語來代替？在橫線上填上答案。

1. 暑假時我們一家去了草原觀光，那兒極為遼闊，看不到盡頭，很多馬匹都在那裏自由自在地奔跑，真是很有意思呢！

   成語：________________

2. 雖然去完旅行已經有一段時間了，但是直到現在我還對那裏時刻思念着呢！

   成語：________________

3. 我最喜歡的畫面，是滿布山上和田野上的羊羣在綠毯似的草地上吃草，看上去真像一幅美麗的油畫！

   成語：________________

單元八 參觀遊覽

五顏六色	五光十色	五彩繽紛	多姿多彩	花紅柳綠
花花綠綠	絢麗多彩	千姿百態	奇形怪狀	數不勝數
大開眼界	流連忘返	讚歎不已	千奇百怪	

成語小學堂

五顏六色 wǔ yán liù sè

【解釋】**形容色彩複雜或花樣繁多，引申為各式各樣。**

【例句】1. 公園裏的花五顏六色的，真好看。

2. 弟弟打開盒子，把五顏六色的卡片拿出來給我們看。

【近義】㊒五光十色、㊒五彩繽紛

五光十色 wǔ guāng shí sè

【解釋】**五、十：表示多。形容色澤鮮豔，花樣繁多，也比喻事物形形色色。**

【例句】1. 五光十色的聖誕燈飾為城市增添了節日氣氛。

2. 海底是一個五光十色、與陸地截然不同的世界。

【近義】㊒五彩繽紛、㊒五顏六色、㊒光彩奪目

辨析

「五光十色」和「五顏六色」都有顏色多的意思，但「五顏六色」強調的是複雜的色彩或繁多的花樣，比如鮮花、雲彩等；而「五光十色」運用時要與發光的事物相聯繫。

五彩繽紛 wǔ cǎi bīn fēn

【解釋】**五彩：原指青、黃、紅、白、黑五種顏色，後來泛指多種顏色；繽紛：繁多交錯的樣子。表示顏色繁多，色彩絢麗，十分好看。**

【例句】1. 太陽出來了，多雲的天空布滿了五彩繽紛的朝霞。

2. 聖誕樹上掛滿了五彩繽紛的彩燈和小飾品，充滿了節日的氣氛。

【近義】㊌五顏六色、㊌五光十色、㊌絢麗多彩

【反義】㊌黯淡無光

「五彩繽紛」、「五顏六色」和「五光十色」都表示顏色多。但「五彩繽紛」偏重於色彩繁雜，非常悦目，能用於抽象的事物，如理想、前途等；「五顏六色」偏重於色彩多種多樣，僅用於具體的東西；「五光十色」偏重於指「光」、「色」明亮鮮麗，花樣繁多，也能用於形容社會生活現象等，使用範圍比「五顏六色」稍廣。

多姿多彩 duō zī duō cǎi

【解釋】**形容顏色豐富，姿態各異，也比喻多花樣、多種類。**

【例句】1. 多姿多彩的新年慶祝活動讓人們樂在其中。

2. 聖誕節來了，街上掛滿了多姿多彩的燈飾。

【近義】㊌形形色色、㊌五光十色、㊌絢麗多彩

【反義】㊌黯淡無光、㊌千篇一律、㊒單調劃一

花紅柳綠 huā hóng liǔ lǜ

【解釋】**形容花木繁盛、色彩鮮豔的春景，也能形容衣着打扮。**

【典故】清朝作家吳敬梓創作了一部長篇小說《儒林外史》。當中有一段提到新年時，人們都在飲酒作樂，也有些人在表演戲曲。那些唱戲的人穿得「花紅柳綠」，又在擊鼓作樂。這裏的「花紅柳綠」用作形容唱戲的人穿的衣服色彩繽紛，後來人們以「花紅柳綠」形容繁花盛開的春景。（出處：吳敬梓《儒林外史》）

【例句】1. 春天到了，百花齊放，花紅柳綠，生機盎然，人們紛紛到郊外遠足。

2. 我們沿着郊外的單車徑騎單車，一路上花紅柳綠，空氣清新，令人心曠神怡。

【近義】㊒多姿多彩　　【反義】㊒黯淡無光

花花綠綠 huā huā lǜ lǜ

【解釋】**花草樹木鮮豔多彩。也形容物件顏色鮮明，豔麗奪目。**

【例句】1. 春天的公園裏百花盛開，花花綠綠，十分美麗。
2. 爸爸的集郵冊藏了各式各樣、花花綠綠的郵票，讓我大開眼界。

【近義】㊒絢麗多彩

【反義】㊒暗淡無光

絢麗多彩 xuàn lì duō cǎi

【解釋】**形容色彩亮麗繽紛的樣子。**

【例句】1. 絢麗多彩的煙花在我們眼前綻放，令人眼花繚亂。
2. 每到聖誕節，街上店舖的櫥窗都裝飾得絢麗多彩。

【近義】㊒花花綠綠、㊒五彩繽紛

【反義】㊒暗淡無光

千姿百態 qiān zī bǎi tài

【解釋】**形容姿態多種多樣或種類十分豐富。**

【例句】1. 石林中的石柱、石壁、石峯千姿百態，讓人歎為觀止。

2. 我們置身雀鳥園，聽着耳邊傳來陣陣鳥語，看見眼前雀鳥千姿百態，真是有趣極了。

【近義】㊀千奇百怪、㊀多姿多彩、詞多種多樣

【反義】成千篇一律

奇形怪狀 qí xíng guài zhuàng

【解釋】**形容形狀稀奇古怪，與眾不同。**

【例句】1. 熱帶雨林的植物奇形怪狀，什麼樣的都有。

2. 天上飛着多款風箏，有漂亮的金魚、舞姿優美的鳳凰，還有一些叫不出名字的奇形怪狀的風箏。

【近義】成千奇百怪、詞怪模怪樣

【反義】成千篇一律

數不勝數 shǔ bù shèng shǔ

【解釋】**數：計算；勝：能夠承擔或承受。數量很多，難以盡數。**

【例句】1. 天上的星星數不勝數，看得人眼都花了。
2. 我們來到了果園，這裏的水果真是數不勝數。

【近義】㊒不計其數、詞多如牛毛

【反義】成屈指可數、成寥寥無幾、成鳳毛麟角

大開眼界 dà kāi yǎn jiè

【解釋】**開：擴展；眼界：眼睛看到的範圍，見識的廣度。指開闊視野，增長見識。**

【例句】1. 這次參觀消防局的活動，真令我大開眼界。
2. 有趣的魔術表演使我們大開眼界，演出結束後，我還跟魔術師拍了合照呢！

【近義】詞增廣見聞

【反義】詞井底之蛙

流連忘返 liú lián wàng fǎn

【解釋】**流連：留戀、捨不得離開；返：回、歸。沉迷遊樂而忘了回去。後常形容留戀美好景致、地方或事物，不忍離去。**

【典故】春秋時齊國君主齊景公問宰相晏嬰，出巡時怎樣做才可比得上以前的聖君。晏嬰回答：「以前的君王出巡會巡視諸侯守衛的地方，聽諸侯報告工作情況；君王又會關注耕種的情況，幫助老百姓。所以，以前的老百姓非常歡迎君王出巡。可是現在不同了，君王一出巡就勞師動眾，只貪圖自己玩樂，不願歸去，連諸侯也很為難，這與以往君主出巡的意義大不同。」成語「流連忘返」從這個故事演變而來。（出處：《孟子·梁惠王下》）

【例句】1. 布吉島的美景真令人賞心悅目，流連忘返。

2. 市集裏售賣的商品五花八門，我們看得流連忘返。

【近義】㊉樂而忘返、㊉依依不捨、㊉戀戀不捨

讚歎不已 zàn tàn bù yǐ

【解釋】**已：止、完。指連聲讚賞，停不下來。**

【例句】1. 科羅拉多大峽谷雄偉壯麗，使人看了讚歎不已。

2. 這間博物館裏最令人讚歎不已的，是數不勝數的動物標本，從龐然大物到眼睛都看不清的微小生物，一應俱全。

【近義】㊒讚不絕口

【反義】㊒嗤之以鼻

千奇百怪 qiān qí bǎi guài

【解釋】**形容各式各樣、稀奇古怪的事物或景象。**

【例句】1. 這個公園內布滿千奇百怪的岩石，活像形態各異的動物，十分有趣。

2. 各式各樣、千奇百怪的雕塑都可以在這間藝術館內找到。

【近義】㊒奇形怪狀、㊒光怪陸離

【反義】㊒千篇一律

美麗的維多利亞公園花展

今天，爸爸媽媽興致勃勃地帶着我和妹妹，一起來到維多利亞公園，參觀一年一度的花卉展覽。

一進公園大門，便能感受到，陣陣花香撲鼻而來。「真香啊！」我不禁讚歎道。賞花的人很多，我們隨着人流緩緩而行。這時，前方出現了幾隻用各色花兒鑲嵌而成的動物。它們千姿百態，有的東張西望，有的三五成羣，還有一隻企鵝昂首挺胸，像一位紳士，引得我和妹妹爭着上前與它合影。

寫作小貼士

運用一連串描述人物動作的成語來擬人化地描寫花卉，非常生動、形象！

再往前走，我們便來到了一大片鬱金香花圃。燦爛的陽光下，上萬株五顏六色的鬱金香綻開笑臉歡迎人們的到來。微風吹過，花兒輕輕搖曳，十分美麗。

在花展上，最令我難忘的莫過於一組名為「天女散花」的花卉造型了。參展商巧妙地用各式各樣的花草，塑造出一位攜着花籃的美麗花仙子。見到如此巧妙的花卉造型，參觀者都讚歎不已。

寫作小貼士

重點介紹其中一種花卉展覽，並輔以遊客的感受，容易給人留下深刻印象。

除了有花花綠綠的植物供人欣賞，會場內還舉辦了一連串文娛活動，包括花藝示範、廚藝表演、植物護理工作坊及親子遊戲等，我們一家玩得興高采烈，流連忘返，捨不得離開了。維多利亞公園花展，明年我們一定再來參觀！

煙花匯演

大年初二晚飯後，我迫不及待地拉着爸爸、媽媽和姐姐，趕到維多利亞港邊，準備觀賞煙花匯演。

一陣歡快活潑的音樂響過之後，突然一束束火光沖天而起，在高空中炸開，變成無數顆流星，劃過維多利亞港上空。緊接着，更多的火光飛升，變成五光十色的花朵，不斷地在黑色的夜空盛開，把大地照得如同白晝一樣。

隨着「劈劈啪啪」放鞭炮似的聲響，無數煙花在空中綻開了！天空變得更加熱鬧：紅的、黃的、綠的、藍的、紫的……五顏六色的煙花在天空中閃耀着燦爛的光芒，把黑色的夜空打扮得絢麗多彩。

寫作小貼士

運用三個有關光和色的成語來描述煙花，非常具體、形象，給人身臨其境的感覺。

這些在空中綻放的煙花不斷變化着形狀和顏色，爭先恐後地顯示着自己的舞姿。它們有的像孔雀開屏，又像天女散花，飄飄灑灑；有的像毛茸茸的彩球，調皮地滾來滾去；有的像晶瑩潔白的雪花，漫天飛舞；還有的像拖着長長彩帶的流星，一閃而逝……激起人們一陣陣驚歎和喝彩。

五彩繽紛的煙花在天空競相綻放，美麗極了！我仰望天空，感覺自己好像身處仙境，真希望這美麗的煙花能長開不散，為夜空添上色彩。

一 成語辨別

圈出下面形容顏色的成語，答案可多於一個。

五彩繽紛　絢麗多彩

花花綠綠

奇形怪狀　五顏六色

五光十色　千姿百態

二 成語填充

選擇下列成語，填在橫線上。

1. 大開眼界　千姿百態

這些未來建築模型造型美觀、__________，而且想像奇特，讓人__________。

2. 流連忘返　讚歎不已

故宮博物院裏的展品豐富，來到這裏的人對這些精美的收藏品__________，而且__________，看得不願離去。

三 成語運用

我們在描寫景物時，恰到好處地運用成語，能使描寫更加具體、生動。從本單元所學的成語中，挑選適當的成語，填在橫線上。

1. 這些花花綠綠、晶瑩剔透的玻璃藝術品，在明亮、柔和的燈光照射下，更顯得絢麗多彩，________________，閃爍着奇異的光亮和色彩，真是令人________________，讚歎不已。

2. 張家界的山石可以說是________________：有的像一位採藥老人，正背着一籃草藥；有的像一位美麗的仙女捧着一束花，害羞地微笑；有的像幾枝筆頭向上、垂直插着的毛筆，又幼又長……

3. 這個披着一身紫紅外衣的蕃薯長得________________，有着和鴨子一模一樣的外形，頭、嘴巴、脖子、身體和尾巴一應俱全，凡是看過它的人都感到很驚訝。

單元九 歡樂節日

濟濟一堂	歡聚一堂	喜氣洋洋	普天同慶	高朋滿座
萬象更新	蒸蒸日上	繁榮昌盛	國泰民安	豐衣足食
車水馬龍	人來人往	熙來攘往	川流不息	

成語小學堂

濟濟一堂 jǐ jǐ yī táng 褒

【解釋】**比喻很多人才聚集在一起。**

【例句】1. 這次才藝表演中許多具備各種才能的同學濟濟一堂，必定有一番激烈的比拚。

2. 過年時，親友都聚在我家，濟濟一堂，好不熱鬧。

【近義】成 人才濟濟、成 歡聚一堂

【反義】成 冷冷清清

歡聚一堂 huān jù yī táng 褒

【解釋】**歡樂地聚在一起。**

【例句】1. 除夕夜，全家人歡聚一堂，感到十分開心。

2. 很多不同年份畢業的校友特意在校慶日回到母校，新舊同學歡聚一堂，更顯熱鬧。

【近義】成 濟濟一堂、成 高朋滿坐

【反義】成 冷冷清清

喜氣洋洋 xǐ qì yáng yáng 褒

【解釋】洋洋：形容眾多或豐盛，也形容得意的樣子。形容歡喜的神色或充滿歡樂的氣氛。

【例句】1. 孩子們穿着節日的盛裝，喜氣洋洋地來到廣場參加慶祝活動。

2. 過年了，家家户户張燈結綵，大街小巷一派喜氣洋洋的景象。

【近義】成歡天喜地、成歡欣鼓舞

【反義】成愁腸百結、成愁眉苦臉

普天同慶 pǔ tiān tóng qìng 褒

【解釋】普：普遍、全面；天：天下，指全國或全世界；慶：慶賀。指普天下的人共同慶祝。

【例句】1. 新年是普天同慶的日子，世界各地的人都用不同方法慶祝新年。

2. 各地運動員在奧林匹克運動會上打破多項世界紀錄，這真是值得普天同慶的事情。

【近義】成歡欣鼓舞、成舉國若狂、成歌舞昇平

【反義】成哀鴻遍野

高朋满座 gāo péng mǎn zuò 褒

【解釋】**高：高貴。高貴的朋友坐滿了席位。形容賓客眾多。**

【例句】1. 在祖父八十大壽的宴席上，高朋满座，非常熱鬧。
2. 他為人熱情好客，家中經常高朋满座。

【近義】成賓客盈門、成濟濟一堂

【反義】成門可羅雀、成寥若晨星、成寥寥無幾

wàn xiàng gēng xīn

小貼士：「象」不能寫作「像」。

【解釋】**萬象：宇宙間的一切景象；更：變。一切事物和景象都變得煥然一新。**

【例句】1. 春風給大地帶來了一派萬象更新的景象。
2. 新一年又到了，大地萬象更新，讓人滿懷希望。

【近義】成耳目一新、成煥然一新

【反義】成恆久不變、成一潭死水

蒸蒸日上 zhēng zhēng rì shàng 褒

【解釋】**蒸蒸：熱氣上升，興盛的樣子。形容事業等興旺發達，天天向上，不斷進步。**

【例句】1. 這家公司能抓住市場機遇，加上完善的管理制度，深得消費者信任，因而業務蒸蒸日上。

2. 自從引進了先進的生產技術，這家工廠的經營情況變得蒸蒸日上。

【近義】成欣欣向榮

【反義】成江河日下、成每況愈下

辨析

「蒸蒸日上」和「欣欣向榮」都可形容事業興旺發達。但「欣欣向榮」多偏重在繁榮、昌盛；「蒸蒸日上」偏重在向上的趨勢，表明事物發展、上升及提高，速度很快。

繁榮昌盛 fán róng chāng shèng 褒

【解釋】**指國家或事業興旺發達。**

【例句】1. 在這位君王的英明領導下，國家繁榮昌盛，百姓安居樂業，一片太平。

2. 在全球經濟不景氣的情況下，這個小鎮卻絲毫沒有受到影響，保持一副繁榮昌盛的景象。

【近義】成繁榮富強、成欣欣向榮

【反義】成每況愈下、成日暮途窮

國泰民安 guó tài mín ān 褒

【解釋】**國家太平，人民安樂。**

【例句】1. 新年到來，大家都期望新的一年裏國泰民安，萬事順利。

2. 這個國家經過一番努力後終於能夠建立良好的經濟基礎，如今國泰民安。

【近義】㊢國富民強、㊢天下太平

【反義】㊢兵荒馬亂、㊢民不聊生

「國泰民安」強調太平安樂；「國富民強」則強調富庶強盛。

豐衣足食 fēng yī zú shí 褒

【解釋】**足：夠。穿的和吃的都很豐富和充足。形容生活富裕。**

【例句】1. 爸爸媽媽努力工作，用他們的雙手讓我們一家人都過上豐衣足食的生活。

2. 即使有豐衣足食的生活，也要提倡勤儉節約。

【近義】㊢飽食暖衣、㊢家給人足

【反義】㊢饑寒交迫、㊢缺衣少食

「豐衣足食」可用於個人和國家；「家給人足」不能用於個人，只用於家庭與國家。

車水馬龍 chē shuǐ mǎ lóng 

小貼士：「龍」不能寫作「籠」。

【解釋】**車如流水，馬像遊龍。形容來往車馬很多、接連不斷的繁華熱鬧情景。**

【典故】東漢時漢章帝的母親馬太后生活非常簡樸，而且知書達理，從不干涉朝政。漢章帝打算給馬太后的兄弟封爵，馬太后知道後馬上反對，說：「前幾天我路過娘家門口，看見前去請安的，車如流水，馬如遊龍。馬氏兄弟不懂得為國家分憂，反倒只顧逸樂，我怎麼能同意給他們封爵呢？」「車水馬龍」這個成語就是從「車如流水，馬如遊龍」簡化而來。（出處：范曄《後漢書．皇后紀》）

【例句】1. 祖父喜歡鄉下的簡樸寧靜，不喜歡都市的車水馬龍。
2. 大清早，馬路上已經車水馬龍，非常熱鬧。

【近義】成絡繹不絕、成車馬如龍

【反義】成冷冷清清、成萬籟俱寂

人來人往 rén lái rén wǎng

【解釋】**形容來來往往的人多，接連不斷。**

【例句】1. 每逢假日，公園裏人來人往，使寧靜的公園變得非常熱鬧。

2. 這個地鐵站出入口經常人來人往，但不時有些無牌小販在這裏擺賣阻塞通道，造成不便。

【近義】㊈熙來攘往、㊈川流不息

【反義】㊈杳無人跡、㊈路斷人稀

熙來攘往 xī lái ràng wǎng

【解釋】**人來來往往，形容人很多、熱鬧的景象。**

【例句】1. 來黃大仙祠上香的人熙來攘往，大家都希望神明會帶來好運。

2. 聖誕節期間，面對熙來攘往的人潮，商戶都非常落力推銷。

【近義】㊈人來人往、㊈川流不息

【反義】㊈杳無人跡、㊈路斷人稀

川流不息 chuān liú bù xī

【解釋】川：河流；息：停止。像流水那樣永不停息。比喻人流連綿不斷，或形容人往返不停。

【典故】清朝作家吳敬梓的《儒林外史》中提到當時的人結婚的情況：晚上，一頂轎子連同四個燈籠火把，把新娘送進門來。新娘進房後就開始拜花燭，與新郎合巹交杯（新郎和新娘各自拿着酒杯，與對方交叉手臂喝酒）。陪嫁的兩個丫頭則忙得團團轉，一會兒要送茶，一會兒要添香，一會兒到廚房叫廚師蒸點心、煮湯。於是兩丫頭就川流不息地在屋裏、屋外走來走去。後人就以「川流不息」形容人不斷往返。（出處：吳敬梓《儒林外史》）

【例句】1. 銅鑼灣從早到晚都聚滿了人，川流不息，好不熱鬧。
2. 這間店鄰近港鐵車站，往來的人川流不息，生意很好。

【近義】㊈絡繹不絕、㊈人來人往　【反義】㊈冷冷清清

歡天喜地過農曆新年

農曆新年，又叫春節，是中國最富有特色的節日，也是中國人最重視的節日。每年從農曆正月初一到正月十五元宵，這段時間稱為「過年」。中國人過春節的歷史可謂源遠流長[①]，形成了異常豐富多彩的習俗：大掃除、採購年貨、添置新衣、分發紅包、張貼揮春和對聯、燃放煙花爆竹，還有舞龍、舞獅子、與親友互相拜年……在這段時間裏，人們除去一年的辛勞，與親人歡聚一堂，盡享節日的歡樂。

新年期間，街上到處張燈結綵[②]，好不熱鬧；商場裏人來人往，喜氣洋洋；大街上車水馬龍，川流不息，到處充滿了歡聲笑語[③]，一派繁榮昌盛的景象。

寫作小貼士

運用一連串成語概括地形容春節期間各處的熱鬧景象。

拜年也是春節期間的一個重要環節，大人和孩子都穿着新衣服，帶着禮物到長輩家拜年。長輩要將事先準備好的壓歲錢分給晚輩，晚輩得到壓歲錢就表示可以平平安安度過一年。

晚上，五彩繽紛的煙花映紅了大地和天空，這絢麗的色彩，寄予了人們對生活的祝福，祝願來年豐衣足食，生意蒸蒸日上，國家國泰民安，社會繁榮昌盛。

寫作小貼士

成語表達了人們美好的心願。

① 源遠流長：比喻歷史悠久，根柢深厚。
② 張燈結綵：掛着燈籠，繫着彩帶，形容節日期間的裝飾。
③ 歡聲笑語：人們嬉笑談話的聲音，形容歡樂的氣氛。

歡樂聖誕節

在西方，有一個節日如同中國的春節一般隆重、熱鬧，它就是每年十二月二十五日的聖誕節。聖誕節本來是基督教的節日，是基督教教徒紀念耶穌誕生的日子。由於教徒遍布世界各地，而且人們很重視這一天，它便成為一個國際性的節日。全世界超過一百四十個國家和地區都會慶祝聖誕節。這樣的節日是不是稱得上普天同慶呢？

寫作小貼士

「普天同慶」指出了聖誕節是一個全民歡慶的日子。

提起聖誕節，不期然會想起紅、綠、白這三種色，它們又叫「聖誕色」。聖誕期間，不僅大街小巷到處張燈結綵，五彩繽紛，人們也會用聖誕色來裝飾家裏。綠色的聖誕樹上面掛着五顏六色的彩燈和聖誕飾物，桌上還會點起紅色的蠟燭，使家裏充滿濃濃的節日氣氛。而穿着紅白色衣服的聖誕老人是聖誕節中最受歡迎的人物。孩子們在平安夜臨睡之前，會在壁爐前或枕頭旁放上一隻襪子，好讓聖誕老人把禮物放進去。第二天醒來時，孩子們看到襪子裝得滿滿的，個個歡天喜地。

就像中國人過春節吃團年飯一樣，在平安夜，西方人也全家歡聚一堂，喜氣洋洋地共進節日晚餐。吃過豐盛的大餐，人們會圍坐在聖誕樹旁唱聖誕歌，互相交換禮物，分享一年來生活中的喜怒哀樂，又互相祝福。這天晚上還會有一羣可愛的小孩子，手拿樂譜，逐家逐户地唱歌報佳音呢！

寫作小貼士

兩個成語生動地描寫中國人過春節和西方人過聖誕節的歡樂情況。

一 圖說成語

下面的圖片可以用哪個成語來形容？在橫線填上正確的答案。

豐衣足食　　車水馬龍　　歡聚一堂　　川流不息

1.

成語：＿＿＿＿＿＿＿＿

2.

成語：＿＿＿＿＿＿＿＿

3.

成語：＿＿＿＿＿＿＿＿

4.

成語：＿＿＿＿＿＿＿＿

二 成語填充

元宵節，小樂隨姑媽一家去賞花燈。閱讀下面的段落，挑選適當的成語，填在橫線上。

車水馬龍　　普天同慶　　喜氣洋洋

今天是元宵節，晚飯後，我和姑媽一家去公園賞花燈，一同歡度這個 1. ＿＿＿＿＿＿＿＿ 的日子。除了我們，來公園賞燈的人很多，公園外面 2. ＿＿＿＿＿＿＿＿。走進公園裏，四周布置得 3. ＿＿＿＿＿＿＿＿，一片喜慶的氣氛。各式各樣的花燈都努力展現自己的美態，吸引人們一盞接一盞地仔細觀賞。無論是走馬燈、八角燈，還是形狀簡單的花燈，都非常美麗。

單元十 友誼萬歲

親密無間	如影隨形	情同手足	相依為命	出生入死
牢不可破	堅定不移	盡忠報國	不屈不撓	竭盡全力
全力以赴	貪生怕死	不可多得	舉足輕重	

成語小學堂

親密無間 qīn mì wú jiàn

【解釋】**間：縫隙。形容彼此之間關係非常融洽、密切，沒有一點隔閡。**

【例句】1. 她倆總是在一起，是親密無間的好朋友。

2. 這一對親密無間的好友發生了爭執，但是很快又和好如初了。

【近義】㊢情同手足、㊢形影不離

【反義】㊢敬而遠之、㊢視同路人

如影隨形 rú yǐng suí xíng

【解釋】**比喻人經常走在一起。**

【例句】1. 這兩個孩子整天如影隨形，感情很好。

2. 阿明和阿亮讀同一間小學，又住同一座大廈，所以他們經常如影隨形。

【近義】㊢寸步不離、㊢形影相隨

【反義】㊢形單影隻

情同手足 qíng tóng shǒu zú 褒

【解釋】情：交誼、交情；手足：比喻親兄弟。比喻朋友之間感情很好，像親兄弟一樣。

【例句】1. 他們兩個人從小就是好朋友，情同手足。

2. 過去情同手足的兩個人，如今竟因為一點小事而互不理睬。

【近義】詞親如手足、詞情同骨肉

【反義】成勢不兩立

相依為命 xiāng yī wéi mìng

【解釋】依：依靠；為命：為生、生活。形容互相依靠，共同生活。

【例句】1. 老人和孩子一起生活了十年，相依為命，過着艱難的日子。

2. 從小與他相依為命的母親去世了，現時他成了無依無靠的孤兒了。

【近義】成患難與共、成相濡以沫

【反義】成不共戴天

出生入死 chū shēng rù sǐ

【解釋】**原指人從出生到死亡，後形容冒生命危險，不顧個人安危、不惜犧牲的行為。**

【例句】1. 在戰場上，為了保家衛國，將士們一起出生入死，投入戰鬥。

2. 為了搶在第一時間救人，消防員幾次出生入死地進出火場，救出被困居民。

【近義】㊢赴湯蹈火、㊢捨生忘死、㊢見危授命

【反義】㊢貪生怕死、㊢聞風喪膽

牢不可破 láo bù kě pò 褒

【解釋】**牢：堅固；破：打碎。牢固而不能被破壞或動搖。形容事情或觀念已固定，難以破除或改變；也比喻十分團結。**

【例句】1. 雖然有過爭吵、有過不快，但他們之間的兄弟情誼依然牢不可破。

2. 超人是弟弟心目中牢不可破的英雄形象。

【近義】㊢堅不可摧、㊢堅如磐石

【反義】㊢不堪一擊

堅定不移 jiān dìng bù yí 褒

【解釋】**移：改變。形容意志堅定，毫不動搖。**

【例句】1. 一旦確定了自己的志向，就應該堅定不移地走下去。

2. 雖然面對着重重困難，但是我們的決心堅定不移。

【近義】成堅持不懈、成不屈不撓

【反義】成舉棋不定、成半途而廢、詞動搖不定

盡忠報國 jìn zhōng bào guó 褒

【解釋】**竭盡忠心、不惜犧牲，用全部忠誠報效國家。**

【例句】1. 民族英雄岳飛盡忠報國的事跡，至今仍為人稱頌。

2. 古人盡忠報國，很多時候會冒着犧牲自己的生命的危險，為國家出戰。

【近義】成忠心耿耿、成為國捐軀

【反義】成賣國求榮、成朝梁暮陳

不屈不撓 bù qū bù náo 褒

【解釋】屈、撓：彎曲。形容不畏困難；在壓力下決不動搖，決不屈服，堅定頑強。

【典故】漢成帝時謠傳大洪水要湧進首都長安城。大將軍王鳳和朝臣都勸漢成帝趕快逃難，只有丞相王商力勸漢成帝不要聽信謠言。洪水果然沒有來，漢成帝當眾稱讚王商，批評王鳳。後來，王商不惜犧牲官位也要罷免疏忽職守的太守楊肜，因此得罪了楊肜的親戚王鳳。最後，王商被王鳳誣陷，遭罷相。《漢書》的作者班固就作了一篇評論，指「王商為人樸實，性格不屈不撓，但最後還是被罷官。」成語「不屈不撓」由此而來。

（出處：班固《漢書》）

【例句】1. 在暴風雨中，松樹不屈不撓地在山上挺立着。

2. 人們能登上珠穆朗瑪峯，靠的是不屈不撓的精神。

【近義】成堅韌不拔、成百折不撓、成堅定不移

【反義】成卑躬屈膝、成奴顏婢膝、成隨風轉舵

竭盡全力 jié jìn quán lì

【解釋】**竭盡：用盡。用盡全部力量。**

【例句】1. 醫生正在竭盡全力地搶救生命垂危的病人。
2. 網球比賽結果雖然是我們輸了，但是我們已經竭盡全力了，下次再努力一點就好，不必灰心。

【近義】㊂盡心竭力、㊂全力以赴

【反義】㊂敷衍了事

全力以赴 quán lì yǐ fù

【解釋】**投入全部的心力。**

【例句】1. 警員和救援小組正全力以赴地搜救在山中迷路的遊客。
2. 學校即將舉辦籃球賽，雖然我們的實力不如甲班，但還是要全力以赴。

【近義】㊂竭盡全力、㊂盡心盡力、㊂不遺餘力

【反義】㊂三心二意

貪生怕死 tān shēng pà sǐ 貶

【解釋】**貪：貪戀。貪圖生存，懼怕死亡。**

【例句】1. 士兵在戰場上必須勇敢，不能貪生怕死。
2. 面對強敵的威脅，他們決不做貪生怕死之徒。

【近義】成聞風喪膽、成畏縮不前

【反義】成寧死不屈、成視死如歸、成捨生忘死

不可多得 bù kě duō dé 褒

【解釋】**得：得到、獲得。指不能經常和大量存在的，形容非常難得。多用於形容人才或稀有珍品。**

【例句】1. 這家博物館收藏的石雕，都是不可多得的藝術精品。
2. 大家都誇讚他是一位不可多得的天才棋手。

【近義】成屈指可數、成百年不遇、成鳳毛麟角

【反義】成比比皆是、成俯拾即是、成觸目皆是

舉足輕重 jǔ zú qīng zhòng 褒

【解釋】**一挪動腳，就會影響兩邊的分量。比喻所居地位極為重要，一舉一動皆足以影響全局。**

【典故】東漢建立前，將軍竇融統領河西五個大郡，勢力很大。後來，漢光武帝劉秀佔領中原，竇融便想歸附。他派人攜帶珍寶拜見劉秀。劉秀很高興地接受了請求，給他封官賞賜，還給他寫了一封信，信中說：「竇融的地位舉足輕重，對統一全國起着關鍵作用。」竇融很高興，表示一心一意歸順朝廷。成語「舉足輕重」由此而來，常用於指某人的地位和作用非常重要。（出處：范曄《後漢書·卷二三·竇融列傳》）

【例句】1. 他在公司裏具有舉足輕重的地位，可不能小看他。
2. 志偉在球隊裏舉足輕重，重要的事情都要徵求他的意見。

【近義】成非同小可、詞至關重大

【反義】成無足輕重、成無關大局

聞雞起舞

晉代有一位將軍，名叫祖逖。他胸懷大志，盡忠報國，深受人們尊敬。可是，祖逖小時候卻是個淘氣的孩子。他不愛讀書，整天只喜歡到處去玩。

祖逖長大後，看見國家衰落，連年征戰，百姓的日子非常艱苦。但是他力量微薄，學問又淺，什麼忙也幫不上。為了能改變國家的現狀，祖逖開始發奮學習，從書中汲取了豐富的知識，學問大有長進。祖逖還經常去當時的首都洛陽，向有學問的人請教。認識他的人都嘖嘖稱奇[①]：「祖逖將來會是國家的棟樑。」

祖逖二十四歲的時候，有人推薦他去做官，但他覺得自己的學問還不夠，就沒有答應，還是全力以赴認真讀書。

祖逖有個好朋友叫劉琨，他和祖逖都希望早日平定戰亂，讓國家強大，百姓過上好日子。兩個人情同手足，親密無間，每次在一起談論國家大事，都會不知不覺談到很晚，躺在一張牀上休息。第二天早上，他們又一起練劍習武，為將來報效祖國做好準備。

寫作小貼士

運用成語描述二人的親密關係。

一天半夜，祖逖在睡夢中聽到雞叫聲，便爬起來對劉琨說：「公雞在叫我們起牀，現在就去練劍怎麼樣？」劉琨欣然同意了。

從此以後，祖逖和劉琨約定，每天聽到雞叫聲就起牀練劍，風雨不改，從未間斷。

釋詞

① 嘖嘖稱奇：表示驚奇。

管仲與鮑叔牙

管仲和鮑叔牙是一對無話不談的好朋友，他們之間的故事一直為人津津樂道[①]。

> **寫作小貼士**
> 用「津津樂道」一詞可引起讀者的好奇心，為什麼他們的故事會使人們有興趣談論呢？

管仲二十多歲的時候認識了鮑叔牙，兩人一見如故[②]，談得十分投契。鮑叔牙見管仲聰明能幹，學識又好，便約他一起做生意。鮑叔牙出的錢多，管仲出的錢少，而鮑叔牙卻把賺到的錢大多給了管仲。鮑叔牙的手下覺得很不公平，鮑叔牙卻說：「管仲家比較貧窮，我與他合夥做生意為的就是幫他，你們就不要再說了。」

後來二人一起上了戰場。每次打仗的時候，管仲總是躲在最後，跑得最慢；而撤退的時候，卻跑得比別人都快。大家都嘲笑管仲貪生怕死，鮑叔牙卻為他辯解說：「管仲的為人我最了解，他一向與年老的母親相依為命，如果他死了就沒有人奉養母親了。所以他只能忍辱偷生[③]，任憑你們取笑！」管仲聽了這番話，感動得流下眼淚，長歎着說：「生我的是父母，而知道我的卻是鮑叔牙啊！」

後來，人們常用「管鮑之交」來形容朋友之間牢不可破、堅定不移的友情。

> **寫作小貼士**
> 結尾連用兩個成語來形容友情，給人留下深刻印象。

釋詞

① 津津樂道：形容很有興致地討論。
② 一見如故：第一次見面就相處得很好，就如以前就認識一樣。
③ 忍辱偷生：忍受羞辱，暫且活着。

一 成語解釋

找出下列成語中帶方框的字的意思，將代表答案的英文字母圈出來。

1. 親密無**間**：

   A. 時間　　B. 房間　　C. 縫隙

2. 舉**足**輕重：

   A. 腳　　B. 充足　　C. 滿足

3. 堅定不**移**：

   A. 改變　　B. 移動　　C. 轉移

4. 相依為**命**：

   A. 指令　　B. 生活　　C. 命運

二 圖說成語

根據圖意，利用提供的成語造句。

成語：全力以赴

一 數字成語

下面的成語都少了數字，在橫線上填上正確的答案。（16 分）

1. ______ 穀豐登
2. 火冒 ______ 丈
3. ______ 嘴 ______ 舌
4. ______ ______ 成羣
5. ______ 光 ______ 色
6. ______ 姿 ______ 態
7. ______ 上 ______ 下
8. ______ 言不發

二 成語運用

下面的成語分別不可以形容哪些情形？把代表答案的英文字母圈出來。（6 分）

1. 五彩繽紛的：（ A. 花朵　B. 氣球　C. 課堂 ）
2. 牢不可破的：（ A. 友誼　B. 道路　C. 防線 ）
3. 興致勃勃地：（ A. 觀看　B. 遊玩　C. 睡覺 ）

三 成語辨別

選出適當的字，組成成語，在 ☐ 內填上代表答案的英文字母。（8分）

1. 媽媽告訴哥哥：「為人處事要謙和虛心，不能自以為 ☐ 。」

   A. 是　　B. 事　　C. 説　　D. 利

2. 想到自己沒有做錯什麼，我便心安理 ☐ ，不再責怪自己。

   A. 德　　B. 地　　C. 的　　D. 得

3. 每天上下班的時候，過海隧道的車輛 ☐ 流不息，非常擁擠。

   A. 穿　　B. 串　　C. 川　　D. 傳

4. 就在千 ☐ 一髮的時刻，那位父親飛撲過去，救了兒子一命。

   A. 均　　B. 鈞　　C. 鈞　　D. 鈎

四 成語填充

選出適當的成語，將代表答案的英文字母填在☐內。(6分)

1. 這個秘密揭露後，她反而☐，多年來心頭的陰影一掃而空。

   A. 如釋重負　B. 興高采烈　C. 氣喘吁吁　D. 沒精打采

2. 媽媽看到小美☐的樣子，以為她生病了。

   A. 愁眉苦臉　B. 不由自主　C. 沒精打采　D. 怒氣沖沖

3. 幾頭小鹿在我們前面☐地橫過馬路，還不時低頭咬着路邊的小草。

   A. 如釋重負　B. 不慌不忙　C. 有氣無力　D. 度日如年

五 圖說成語

根據圖意，運用提供的成語寫句子，填在橫線上。（6 分）

1. 氣喘吁吁

____

____

____

2. 悠然自得

____

____

____

3. 依依不捨

____

____

____

總分：　　/ 42

總複習二

一 連接成語

左邊 1-5的三字詞都能用來解釋右邊 A-E 的成語，請把相應的一對用線連接起來。（10 分）

1. 色彩多 •	• A. 高朋滿座
2. 人才多 •	• B. 千姿百態
3. 形態多 •	• C. 五彩繽紛
4. 貴賓多 •	• D. 揮汗如雨
5. 出汗多 •	• E. 濟濟一堂

二 成語辨別

下列成語中，有哪些是描寫人物心理的？將它們圈出來。（6 分）

如釋重負	先發制人
戰戰兢兢	竊竊私語
心安理得	侃侃而談
支支吾吾	氣喘吁吁

三 圖說成語

當出現以下情況時，我們可以用什麼成語來形容當中的感受或情景？將代表答案的英文字母填在 ☐ 內。（8 分）

A. 七上八下	B. 沒精打采
C. 提心吊膽	D. 興高采烈

1. 

☐

2. 

☐

3. 
☐

4. 
☐

四 成語填充

選擇下列成語，填在橫線上。（8分）

語重心長	躍躍欲試	大失所望	提心吊膽

1. 原定於今天晚上舉行的籃球表演賽臨時取消，使原本期待萬分的球迷們＿＿＿＿＿＿＿＿。

2. 阿明急切地望着體操教練，＿＿＿＿＿＿＿＿，想上場一展身手。

3. 媽媽摸着弟弟的頭，＿＿＿＿＿＿＿＿地教導他待人要友善，不能沒有禮貌。

4. 遊輪突然擱淺，大家都＿＿＿＿＿＿＿＿地等着救護人員來到。

五 成語辨別

選出適當的詞語，組成成語，將代表答案的英文字母填在 ☐ 內。（6分）

1. 媽媽問弟弟下午去哪了，弟弟一直支支☐，不肯說清楚。

   A. 捂捂　B. 吾吾　C. 呀呀　D. 牙牙

2. 聽到志光獲評為學校傑出學生的消息，同學們議論☐。

   A. 芬芬　B. 分分　C. 粉粉　D. 紛紛

3. 農曆新年快到了，四處都掛滿節日裝飾，一片喜氣☐的氣氛。

   A. 羊羊　B. 陽陽　C. 樣樣　D. 洋洋

六 成語運用

選出適當的成語，填在橫線上。（20 分）

無憂無慮　悠然自得

1. 妹妹一向天真活潑，總是 ________________，每天都過得很快活。

2. 這些小鳥已經習慣了來來往往的遊客，牠們在遊客面前都可 ________________ 地走來走去，啄食地上的麪包屑。

東張西望　東躲西藏

3. 野兔聽到獵犬的叫聲，嚇得 ________________，好不容易逃過了獵犬的追捕。

4. 你看那人走路時慌慌張張、________________ 的樣子，會不會是小偷呢？

舉足輕重　不可多得

5. 教練在整個球隊具有 ________________ 的地位，誰能加入球隊由他說了算。

6. 教練發現新來的隊員是一個 ________________ 的人才。

念念不忘　依依不捨

7. 到了離別的時刻，大家都 ________________ 地互道珍重。

8. 自從去了夏威夷之後，我對那裏的藍天白雲、美麗的海灘一直 ________________。

一口咬定　異口同聲

9. 店員 ________________ 女孩偷了東西，女孩十分委屈，只好選擇報警，請警察幫忙。

10. 記得我們第一次見面時，大家都不敢先開聲，後來我們 ________________ 說了句「你好」，這才打開了話匣子。

總分：　　/ 58

答案

單元一

成語訓練營

一 1. D　2. A　3. C　4. B

二 1. 火冒三丈
2. 心平氣和／和顏悅色
3. 和顏悅色／心平氣和

單元二

成語訓練營

一 1. 竊竊　2. 侃侃
3. 紛紛　4. 吾吾

二 1. 支支吾吾　2. 侃侃而談
3. 竊竊私語　4. 議論紛紛

三 以下答案僅供參考：
1.（參考答案）他還是垂下頭一言不發
2.（參考答案）同學七嘴八舌地爭相提出自己的意見

單元三

成語訓練營

一 1. 心安理得／若無其事
2. 無地自容　3. 忐忑不安
4. 如釋重負

二 1. 若無其事　2. 將信將疑
3. 忐忑不安　4. 如釋重負

單元四

成語訓練營

一 熱火朝天、生龍活虎、棋逢敵手、不甘示弱、摩拳擦掌

二 1. 一馬當先　2. 千鈞一髮
3. 勢均力敵

單元五

成語訓練營

一 1. 筋疲力盡　2. 健步如飛
3. 精神抖擻　4. 躍躍欲試
5. 三五成羣

二 1. 東躲西藏　2. 眼疾手快
3. 翩翩起舞

單元六

成語訓練營

一 1. 春暖花開　2. 揮汗如雨
3. 五穀豐登　4. 天寒地凍

二 1. 春暖花開　2. 蒼翠欲滴
3. 汗流浹背　4. 五穀豐登

答案

單元七

成語訓練營

一 1. 青山綠水 2. 詩情畫意
3. 山明水秀

二 1. 一望無際 2. 念念不忘
3. 漫山遍野

單元八

成語訓練營

一 五顏六色、五光十色、絢麗多彩、花花綠綠、五彩繽紛

二 1. 千姿百態、大開眼界
2. 讚歎不已、流連忘返

三 以下答案僅供參考：
1. 五光十色、大開眼界
2. 千姿百態 3. 奇形怪狀

單元九

成語訓練營

一 1. 車水馬龍 2. 歡聚一堂
3. 豐衣足食 4. 川流不息

二 1. 普天同慶 2. 車水馬龍
3. 喜氣洋洋

單元十

成語訓練營

一 1. C 2. A 3. A 4. B

二 以下答案僅供參考：
（參考答案）拔河比賽時，大家全力以赴，希望能奪得冠軍。

總複習一

一 1. 五 2. 三
3. 七、八 4. 三、五
5. 五、十 6. 千、百
7. 七、八 8. 一

二 1. C 2. B 3. C

三 1. A 2. D 3. C 4. C

四 1. A 2. C 3. B

五 以下答案僅供參考：

1. （參考答案）家偉和爸爸一起跑步，沒跑多久他便氣喘吁吁了。
2. （參考答案）魚缸裏的一條條金魚，搖着大尾巴，悠然自得地在水草間游來游去。
3. （參考答案）表哥要去國外讀書，我們在機場依依不捨地與他告別。

六 1. 無憂無慮　2. 悠然自得
3. 東躲西藏　4. 東張西望
5. 舉足輕重　6. 不可多得
7. 依依不捨　8. 念念不忘
9. 一口咬定　10. 異口同聲

總複習二

一 1. C　2. E　3. B
4. A　5. D

二 1. 戰戰兢兢、心安理得、如釋重負

三 1. D　2. A　3. B　4. C

四 1. 大失所望　2. 躍躍欲試
3. 語重心長　4. 提心吊膽

五 1. B　2. D　3. D

檢索表

檢索表

檢索表

小學生活用成語學堂（初階）

審　　校：宋詒瑞
編　　寫：思言
繪　　圖：李成宇、Johnson Chiang
責任編輯：張可靜
美術設計：李成宇
出　　版：新雅文化事業有限公司
香港英皇道 499 號北角工業大廈 18 樓
電話：(852) 2138 7998
傳真：(852) 2597 4003
網址：http://www.sunya.com.hk
電郵：marketing@sunya.com.hk
發　　行：香港聯合書刊物流有限公司
香港荃灣德士古道 220-248 號荃灣工業中心 16 樓
電話：(852) 2150 2100
傳真：(852) 2407 3062
電郵：info@suplogistics.com.hk
印　　刷：中華商務彩色印刷有限公司
香港新界大埔汀麗路 36 號
版　　次：二〇一六年十一月初版
二〇二四年一月第六次印刷

ISBN: 978-962-08-6697-5

18/F, North Point Industrial Building, 499 King's Road, Hong Kong
Published in Hong Kong SAR, China
Printed in China